时光的另一种表述

唐 涓 著

中国西部女作家散文自选丛书

青海人民出版社

图书在版编目（CIP）数据

时光的另一种表述 / 唐涓著 . -- 西宁 : 青海人民出版社 , 2018.7
（中国西部女作家散文自选丛书）
ISBN 978-7-225-05615-9

Ⅰ . ①时… Ⅱ . ①唐… Ⅲ . ①散文集—中国—当代
Ⅳ . ① I267

中国版本图书馆 CIP 数据核字 (2018) 第 168580 号

中国西部女作家散文自选丛书

时光的另一种表述

唐 涓 著

出 版 人 樊原成
出版发行 青海人民出版社有限责任公司
西宁市五四西路 71 号 邮政编码：810023 电话：（0971）6143426（总编室）
发行热线 （0971）6143516 / 6137730
网 址 http://www.qhrmcbs.com
印 刷 陕西龙山海天艺术印务有限公司
经 销 新华书店
开 本 850 mm × 1168 mm 1/32
印 张 6.375
字 数 80 千
版 次 2018 年 12 月第 1 版 2018 年 12 月第 1 次印刷
书 号 ISBN 978-7-225-05615-9
定 价 30.00 元

目录
Contents

在八廓街的深处

于坚说："西藏是一个只能体验，却无法想象的地方。"我对这句话感同身受的时候，正坐在八廓街的深处，一栋外墙涂成暖黄色的酒楼上。这个令无数喜爱仓央嘉措诗歌的人的钟情之地，它的名字叫"玛吉阿米"。

九月，拉萨的阳光依然灼目。从玛吉阿米三楼敞亮的平台上，能望到一整条的八廓街和在琳琅的商品摊位间川流不息的人。可以说，这是我走过的最丰富、最独特、最具魅力的街。那些被阳光照亮的面孔，一些是手里摇着经筒、嘴里念诵六字真言的朝圣者；另一些是手里端着相机、左顾右盼的观光客。他们摩肩接踵，朝着同一个方向移动脚步，却分别沉浸在两个迥然不同的世界里。地球上恐怕再也找不出像八廓街这样一条宗教与尘世、宁静与喧哗、虚无与真实、传统与现代和谐共存、完美融合的街道了。

很久以来，我朝思暮想的拉萨，除了那座伟大的圣殿，就是这座暖黄色的小楼。就好像所有的思念，都是环绕着仓央嘉措的。布达拉宫四通八达的甬道和无数尊闪烁着金光的佛像令我头晕目眩，我在不计其数的游客中茫然四顾，终于止步在了德丹吉殿——六世达赖仓央嘉措的寝宫。一切恰如我的想象，简单、庄重。那扇大窗户投进的光亮，为深陷在昏暗中的家具涂上了祥和的红光。望着已经摆放了三百多年的床榻，我恍惚看见那张年轻俊朗的面孔，正在摇曳的酥油灯下沉思冥想，而那颗蓄满情爱的心，早已在拉萨古老的街衢里游荡……那一刻，我真的感觉到了自己与他的相遇。

玛吉阿米延续着我的梦幻，三百年前青稞酒和少女的芳香依然四处飘散。那个经久不衰的爱情传奇，如今被印在玛吉阿米精美的菜单上，让每一位到访的游客触手可及。每天玛吉阿米刚刚开门营业，慕名而来的各地游客便迫不及待地填满每个角落，各怀心绪地追寻着仓央嘉措曾经的踪迹。那天我对面坐着一个三十岁出头的广东女孩，身材瘦小，却背负着高出脑袋的行囊，脖子上还吊着两架沉重的相机。她告诉我，自己已经是第二次来西藏了。头一次是与男友相伴同行，游历了西藏的许多地方。此次却是独自穿越西藏的大地，因为男友已牵了另一个女孩的手。她说来西藏并不是疗伤，也不是重温旧梦，她是太爱西藏了。只有踏上西藏的土地，心灵才能全部沉静下来。在这个神灵无处不在的世界里，你会觉得所有的伤痛都微不足道。我望着她可能因为高海拔而显得疲惫不堪的脸，眼睛瞬间就湿润起来……

很难用语言表述我对西藏的深情和迷恋。十多年前，当我遭遇到人生最大的伤痛时，我唯一想去的地方也是西藏。我相信西藏能够产生奇迹，只有西藏那炽烈的阳光和藏族同胞纯真的笑脸，才能让我重新触摸到生命的温暖。但我并不具备那个叫新月的广东女孩独自前行的勇气，漫长崎岖的青藏公路和苍茫辽远的西藏大地阻断了我的梦想，最终我去了更加遥远的欧洲，在完全陌生的巴尔干半岛上，用埋头苦读缓解内心深深的悲伤。但西藏并没有因此离我而去，它总是在我寂寥的夜晚，悄然进入到我的梦境，像一团通红的炉火，一点点地将我焐热。

我再次来到玛吉阿米是和我在拉萨的同学白拉一起，她是位藏族诗人，创作并翻译了大量诗歌。从中央民院毕业后，精通藏汉双语的她被北京的某家单位看中，但她还是选择了拉萨。她说，如果她的诗歌离开了飘散桑烟和酥油茶香的土地，很快就会死去。我们坐在二楼的酒吧里，朦胧的光线令人恍若隔世，而手中浓香扑鼻的藏式甜茶更是我迄今喝过的最好喝的奶茶。白拉看我如此痴迷西藏，笑着说："留下来吧，你一定会爱上个英俊的康巴汉子。"玛吉阿米的二楼别有情调，除了墙壁上那些年代久远的老照片和古朴的藏族饰品，吸引游客的还有书架上摆放的几十本用藏纸装订的留言簿。藏纸制作工艺独特，土黄的纸页弥漫出远古的光泽，让人产生书写的欲望。那些留言簿上密密麻麻记录着旅游者的各种心愿、故事，还有惟妙惟肖的漫画，几乎很难找到空白之地。我手里的这本，写满了外国游客的留言，于是我也索性用英文写下："I come here just for you. "（我来此是为了与你相遇）。白拉用藏文写了四句留言，像是一首诗，遗憾我完全看不懂。然后我们相视一笑，彼此心知肚明。

离开拉萨前，我又去了玛吉阿米，济济一堂的游客大多是团队和情侣，吵吵闹闹，没有人注意到形单影只的我。依然是午后，阳光一如既往的绚丽饱满。其实我十分渴望在拉萨的黄昏或者夜晚来到玛吉阿米，坐在幽暗迷离的灯光下，看潮水般朝佛的人流和影影绰绰的八廓街。只有浓浓的夜幕遮蔽，我们才有可能看见仓央嘉措的身影和玛吉阿米娇艳的面庞，也只有在西藏璀璨的星光下和八廓街若明若暗的灯火中，我们才能体味出仓央嘉措情诗中萌动的俗念。然而，我还是没有勇气穿越稠密的黑暗，让这些向往着的梦想如愿以偿。这也许意味着我的一生都会与某种奇迹擦肩而过。

对于我这个俗世的人，西藏大地上呈现的许多神异的密码都令我费解，但这并不影响我对它恒久不变的情感，并不影响它成为我精神域界的一个构成部分。而通向那座暖黄色的玛吉阿米的道路，也会永无终止。

过巴颜喀拉山

巴颜喀拉山始终是我心中的一个高度，除了 4824 米的海拔，它还是孕育长江、黄河的主要山脉。这样，在巴颜喀拉山的高度中，敬畏又高过了海拔。

很多年里，我从没有逾越过它的高度，因此，也就无法抵达玉树草原，那个著名的三江源头。2005 年的 9 月，一辆越野车载着我开始向巴颜喀拉山靠近，出发时，在慌乱中我顺手抓过一只模样有些疲软的氧气袋，以抵御身体对高海拔的恐惧。因为肩负着采访玉树公路总段沿线养路职工的重要使命，汽车走走停停，待翻山时已暮色苍茫。笔直的公路和愈来愈暗的光线让人恍然如梦，宽阔的草原在夜幕的压抑下一片虚无。汽车已经开到海拔近 5000 米的山顶，我却浑然不知。先前预想的头痛心慌、胸闷气短的高山反应并没有出现。

但巴颜喀拉山注定是我此次路途中的一个标点，就好像长久以来它就静卧在那里等候着我，不能让我悄然而过。返回时，车到巴颜喀拉山恰好是早晨，阳光的抚慰使巴颜喀拉山丰腴的体态清晰、生动。在一个叫查龙穷的养路工区，汽车停了下来。工区小院离山顶那个写有 4824 米的蓝色标志牌很近，所以也可以说查龙穷工区坐落在巴颜喀拉山山顶。屋里有些幽暗，早晨的阳光还没有透过窗户照耀进来。我伸手去拽悬在头顶上的灯绳，他们说：工区是用发电机发电的，为了节省柴油，晚上收工回来，也只能照明两个小时。除了床铺和一张桌子，小屋里剩下的空隙都被我们填塞得满满当当的。窄小的空间唯一的装饰就是在每个床铺的一端上方贴着的影视明星照片，那是每晚他们将疲惫的身体放平后，目光最后停泊的地方。

查龙穷工区有 12 名职工，唯一的女职工陈爱花现在就坐在我对面。她在这里已经干了 20 年，孩子只有 3 岁。每年春天开工上山后，必须等到入冬放假才能回家。山上没有电话，手机更没有信号，要想听到孩子的声音，就得到几十里外的公路段部去。每次手里抓着电话，却什么也说不出来，自己在电话这头哭，孩子在电话那头哭。她迟疑了一下，然后又说，山上没水，我在山上的大半年里不能洗澡，可一个女人……她的声音开始哽咽，再也说不下去。

阳光缓缓爬上窗户，照在她的后背，使她忧伤的脸显得非常朦胧，但我还是清清楚楚听见了泪水在滴落。

工区附近有一条河，下过雨就十分浑浊。冬天结成冰块，还能看清里面草根、牛粪等一些杂质。到了春天，河边有民工干活，人的屎尿也会流进河里，可职工们只有这条河维持生存。我尝了一口，果然有股淡淡的牛粪味儿，就再也没有勇气去碰那只杯子。巴颜喀拉山的严酷与真实，一下子就抖搂出我这个城市人内心的虚弱。

巴颜喀拉山上的另一个养路工区叫龙根工区，条件也是一样的艰苦。我们到那里时，正赶上职工们回来吃午饭，屋里屋外弥漫着浓郁的饭香。职工们谈兴很高。在巴颜喀拉山，日子总是深陷在无边的冷清寂寞之中，能和自己生活圈子以外的人说说话，是一件令他们愉快的事。一年中有多半时间在荒郊野外的工作让他们付出了昂贵的代价。他们中的大多数，或者单身，或者离婚，保通了公路却保不住自己的婚姻。他们的快乐，是为公路事业奉献的快乐，内心却承受着一大片的荒凉。

因为海拔太高，山上几乎看不到其他的生命。即使盛夏，也依然能看到山的皱褶中，隐藏着陈年的积雪，难得有片刻的温暖。养路工在严重缺氧的山上透支体力，一个个嘴唇乌青，双手肿胀，大多都患有高原心脏病、风湿病、肺心病。在人民生活开始富裕，寿命渐渐增高的今天，他们的平均寿命只有54.6岁。听闻有个养路工正干着活，突然栽倒在地，再也没能起来；还有一个患了急症，在送往医院的途中就停止了呼吸。职工们有句话说得我心疼：前二十年拿命换钱，后二十年拿钱养命。

在巴颜喀拉山下，司机指着前方的山脚说，那个死在半道上的养路工就埋在了那。我赶紧摇下车窗，但那片茂盛的青草很快在我的视野中模糊并远去。

渐渐远去的还有巴颜喀拉山。我开始头痛，缺氧反应还是不可避免地到来了。

作家裘山山在她的一篇文章的结尾这样写道："据说在大海边有一块礁石，上面刻着一行字：'纪念在海上已死和将死的人们'。从川藏线归来后我总想到这句话，我想这不是悲观，这是人类面对大自然的一种态度，勇敢而又虔诚，不屈而又敬畏。如果可能，我愿以我的这篇文字，纪念在川藏线已死和将死的人们。"

我想再把这段话，留给巴颜喀拉山上那些顽强的生命。

印江的另一种植物

已经到了初夏，对于青藏高原，夏还只是正午时分露出的眉眼。一天中的大多时光，大地的身躯依然包裹在严实的春装里。凌晨 5 点，我赶往机场，整座城市还深陷在朦胧的睡意中。空旷的街道上，只有环卫工晃动的身影和我的行李箱滑过路面坚硬的声响。几小时后，当我降落在重庆江北机场，世界瞬间置换成了另一番图景。扑面而来的短袖中，我的厚毛衣外套和脸庞上阳光的色泽明示着我的地域特征，望着这座著名山城层层叠叠的楼宇，我感觉海拔的差异已不再是唯一的理由。

从重庆北站坐火车到铜仁，是我一段重复的路途。绵延无尽的山洞和忽明忽暗的光线令旅途变得十分虚幻。几年前，沿着同样的路线抵达乌江岸边的沿河县，那是一次温暖的行走，其民俗与人情迄今在我的记忆里清晰可见。而此刻，印江的容貌又悄然而至，安静、淡定，恍若一泓透明的水，点点滴滴地浮现在我的视野里。但印江却不是水，它只是贵州省辖内的一个县名，因为依偎着佛教名山梵净山，让人们无法忽略。从印江驱车去大名鼎鼎的湘西凤凰，不过也就个把小时。印江朝夕沐浴在这样的气韵里，难怪是如此的雅致。

长期生活在青藏高原，目光储存的景致大多是草原荒漠，与印江山水间的草木葱茏大相径庭。也许出于对民居建筑特别的偏爱，在印江，那些掩映在山水怀抱中的民居建筑无时无刻不在打动着我。可以说，民居是大地生长的另一种植物，大自然的不同生态造就了民居万千姿态的美。很难想象，从轻盈灵巧的吊脚楼走出的印江人，面对我们黄土地上敦实朴拙的庄廓大院时，会是怎样的感受。庄廓是青海方言，也就是四合院，是青海河湟谷地最典型的民居样式。这里取之不尽的黄土是它最主要的建筑材料。高大厚实的黄土院墙围拢的庄廓外观呈正方形，站在高处向下俯视，就好像一枚巨大的黄泥大印。当然，印江土家族吊脚楼同样令我惊讶，它山多岭陡的地貌孕育出了这个特有的民族符号。在印江的朗溪、合水等地，一些从时光深处走来的吊脚楼依然缭绕着日常生活的烟火。印江林木繁盛，就地取材的木，便是吊脚楼的灵魂。起源于远古时期的中国传统民居，“木”是永远的经典。在所有的建筑中，我依然钟情木制的屋宇。尽管现代化的建筑材料离它远去，但木制却代表了一个时代，一个在中国建筑史上璀璨辉煌的巅峰。木制建筑质地温润柔软，曲线优美诗意，飘溢出泥土与阳光的清香。居住在木制的屋宇里，你的肌肤触摸到它的肌肤，立刻会感受到一种来源于大自然的生命信息。

来到印江，亲眼见识了“地无三尺平”的地貌。但聪慧的印江人却拓展了向上的空间，并在吊脚楼上将自己的审美情趣挥洒到了极致。顺山势搭建的吊脚楼自然轻巧，架设简单。无须挖地基、垒院墙。相对遍布大江南北村落里高墙耸立的深宅大院，隐去了奢华与封闭，其通透敞亮令人赏心悦目。南方多雨多木，空气中云游着充裕的水分，因而隔潮透气的吊脚楼便应运而生。吊脚楼的悠远历史可以追溯到远古的原始社会，漫长的时光里，这种被称作“干阑式”的建筑遍布西南的少数民族地区。木制的吊脚楼主体结构基本近似，但不同的地域和民俗又营造出独有特色。印江土家族吊脚楼大多依山傍水，二层或三层的空间里，厢房、回廊、木梯、阳台、栏杆等巧妙组合，附加以青瓦屋面，轻翘檐角，衬托在青山绿水间，真让人领悟到天人合一的美妙。

两天印江匆忙的步履，没能走进吊脚楼仔细端详。其实，那吊脚楼里，我钟情的还有“美人靠”和火塘。遐想靠在“美人靠”上，不管是不是美人，托腮沉思，都自会有种落寞或怅然的美。火塘更不用说，它是吊脚楼里的核心所在。从家庭到神灵，再到文化，火塘早已被赋予了民族的象征意义。我曾极其迷恋这样一幅画面：温暖的火塘，飘散香气的茶罐，袅袅烟火的上方吊着一串串鱼干和熏肉，而我就和主人一家围坐火塘旁，喝茶聊天。那是吊脚楼里真实的百姓生活，不是那些带有商业表演的旅游客栈。但遗憾的是，这样的画面我却从未走进过，在印江团龙村，我去一个茶姑家购买慕名已久的梵净山绿茶。在那栋漂亮的木楼里，我见到了心仪的火塘，不过并没见到有火星闪烁。茶姑解释说，这是他们家新盖的家庭旅店，专门接待来此度假的游客，自己一家仍住在先前的旧屋。团龙村坐落在梵净山脚下，青山翠林，泉水潺潺。这个天然的大氧吧，足以诱惑长期生活在缺氧地带的我。同时，天生丽质的团龙村还存留着原汁原味的民俗文化。我看见一些年代久远的土家族吊脚楼里，依然延续着家族的血脉。

午餐是在团龙村品尝的农家饭，十分可口，没有我预想的辛辣，特别是细嫩的新鲜竹笋，是我在高原无法品尝到的。那一刻，我真想停下脚步住下来，细细体味这里的风土人情。我曾经从铜仁前往凤凰古城，沉醉于沱江边上的吊脚楼，夜晚躺在吊脚楼的木床上辗转反侧，哗哗流动的水声似乎就从枕下穿过，忍不住琢磨那些细脚伶仃的木柱是如何将楼体支撑了那么久长的岁月。同样，印江的吊脚楼大多也是将底层架空，既能防潮防虫，又可以放置杂物，圈养家畜。虽然材质不同，但实用功能和青海藏地的碉房颇为相像。藏地的石头碉房倚山而筑，背风向阳，三层的布局里，底层也是牲畜圈和储藏室。碉房是藏民族独具匠心的建筑，造型优美，气势雄浑。放眼望去，远处是圣洁的雪山，脚下是碧绿的草原，门前是飘动的五色经幡，这样纯美的画面，也一定令你心神激荡。从某种角度来说，民居的风格也映照了民族的性格。

“封火桶子”对我来说，是一个陌生的词语，在朗溪镇，我与它不期而遇。它的突然降临，让我有点不知所措。之后，顺着石板小巷慢慢踱步，它们的轮廓才渐渐在目光里凸显出来。让我没有想到的是，这个鲜为人知的小镇，历史的钟摆居然在一千三百年前就开始跳动。据说朗溪曾是土司王朝的治所，土司政权一直延续到了清末。所以今天在这方土地，土司制度的痕迹依然随处可见。当地人告诉我，“封火”就是防火墙，“桶子”就是严实得像水桶一般的四合院。果然，石块垒砌的围墙密不透风，无法攀爬的高度只能抬头仰视。细细端详，我惊喜地发现，高高的石墙基脚竟是自然堆砌，石块间并没有注入任何黏合剂。我的“惊喜”是源自它与藏地石头碉房的建造方式不谋而合。在青海的果洛地区，碉房那一块块青石片严丝合缝垒砌起来的墙壁，完全依靠天然造型相互咬合。据说藏族人在建造碉房的时候，没有图纸，也没有脚手架，这无疑更平添了碉房这种传统技艺的神秘与深奥。看来沉潜在民间的建筑智慧原来都是如此相似。

在一个印有超大“福”字的大门前，我们一堆人驻足观望。从造型和规模估量，这无疑是古镇封火桶子的代表。我们的意愿当然是想走进大门，看看它的内部结构。听介绍说封火桶子的建造工艺十分独特，有青石铺的天井，雕花门窗，篱笆粉壁，雕画的木柱。但遗憾的是主人不在，一把“铁将军”将我们拒之门外。好在大家兴致未减，吵吵嚷嚷地在那个“福”字下留影，想必是打算沾染些福气回去。透过喧闹，我注意到了大门。这是民居建筑最耐人寻味的部分。对中国人而言，门意味着门面、门脸，容纳了社会地位、风水观念、文化内涵、装饰艺术等多种元素。后汉李尤在《门铭》中写道：“门之设张，为宅表会，纳善闭邪，击柝防害。”可谓是浓缩了门的意蕴。你看这家外八型穿斗式结构的龙门，就修建得十分讲究。当地的习俗是要将龙门建在门面墙的侧边，以寓意财不外露和躲避灾祸。朗溪现在还保存下 45 家封火桶子，对于这个流淌了千年岁月的古镇，真是一笔无价的财富。

在印江的村落，我见到百余年的老屋，探进身去，一种沉积在时光中的气息扑面而来。老屋陈设简单，磨损了的家具与色泽苍老了的四壁很是协调。但那光亮的灶台，烧柴的炉膛，还有大铁锅里烧煮的食物，似乎并没有太多的改变。改变的只是曾经几代同堂的居住模式。如今晃动在老屋里的是隔了代的祖孙血脉，这老与幼的身影让老屋总是显得空荡，而那接续两端生命的一代均已汇入到大都市拥挤的人流中。等到夜阑人静，他们将辛劳了一天的身躯放置在窄小的床铺上，老屋熟悉的味道便席卷而来，那是他们精神的停泊地，挥之不去。可当想到自己年老的时候或下一代还能否继续老屋里的生活，他们却是满脸的茫然。

我这样猜测老屋未来命运的时候，忍不住站在它的窗前留影。岁月的磨砺并没有让精致的木窗棂黯然失色，它通透的各种花式棂格弥散出民间百姓的生活情趣与装饰智慧。那些象征吉祥富贵的动物或花卉，复杂或巧妙的几何图案，在阳光下，尤其是月朗星稀的夜晚，投落到地板上的影子恍若朦胧迷离的诗句，动人心魄。由此想到自己居住的城市，那些千篇一律表情木讷的钢窗。当今城市的现代建筑材料，早已绝缘了人与大自然相互感应的经脉。

正如我在很多地方所揪心的那样，在印江，我还是看见了夹杂在青砖灰瓦中间的水泥盒子，它们如此扎眼，与四周水墨画般的自然格格不入。无疑，这是大地生长的异类，却也可能是某种征兆。试想有一天，这些新式的水泥盒子毫无约束地四处蔓延，那些吸纳了大自然精华并浸透沧桑历史的吊脚楼也许会被遮蔽。

令人迷醉的刚察

如果在中国地图上寻找，刚察只呈现一个细微的圆点。它是青海省海北藏族自治州的一个县，因为与名扬天下的青海湖紧密相连，于是就不同凡响。神湖为刚察的草原、河流、山峦都赐予了一种迷幻色泽。

很多年里，我始终不知道“刚察”这个名字的确切含义，追本溯源，除了传说中的某种释义外，可能还是源于当时游牧在青海湖畔的藏族首领部落——刚察部落。大约在元末明初，一部分蒙古人开始向青海迁徙，岁月嬗递中，迁徙的队伍逐渐庞大。也许，正是受到神湖的召唤，西海一带也成为蒙古人的主要聚集地。几百年来，蒙古人不但在刚察延续了他们的血脉，还留下许多蒙古语地名，如哈尔盖、伊克乌兰，念起来非常好听。

我第一次进入刚察是 20 世纪 90 年代，沿着铁路线一路采访，在刚察火车站下车后，站在高处极目远眺，突然看到远处的青海湖若明若暗，闪烁着梦境般幽蓝的光芒。那一瞬间，刚察大地让我陷入深深的迷幻。

之后的日子里，去格尔木、西藏等地，都曾穿越刚察境内，前往青海湖更是不计其数，然而我的足迹却没能延伸到刚察的许多动人之处。古城、岩画、格萨尔王的脚印和练功石、青海湖的祭海与转湖、沙陀寺传承了百余年的藏戏，都弥漫着神性，足以令人想象并肃然起敬。

久居西宁，我并不错过奔向青海湖的任何机会，这是我内心的隐秘，现在可以对刚察说了。每次我靠近那个如宝石般纯美的大湖，心中顿生涟漪。我总能看见云水之间，一个若隐若现，踽踽离去的背影。那个与我相隔了 300 余年时光，依然清晰可见的六世达赖喇嘛仓央嘉措，那个把无数优美的情诗种植在后人心田上的诗人仓央嘉措。我无从知道从布达拉宫被押解出来的仓央嘉措，裹挟着千里路途的风尘和疲惫，突然看见草原深处，如海一样宽阔的大湖会是何种表情。我想象青海湖奇异的光芒一定令他眩目，然后匍匐在地，泪流满面。也许是神湖给

每次我靠近那个如宝石般纯美的大湖，心中顿生涟漪。我总能看见云水之间，一个若隐若现，踽踽离去的背影。

予了仓央嘉措某种暗示，随后，他的身影从青海湖畔神秘消失，使青海湖从此成为仓央嘉措故事永远的“尾声”。

有关仓央嘉措最终归宿的各种传说，重新由青海湖畔开始，向四处绵延。这意味着热爱仓央嘉措的众生并不情愿接受他在青海湖畔圆寂的说法。尽管后人对真相穷追不舍，但结局依然扑朔迷离。对我而言，重要的是仓央嘉措把他年轻俊朗的面容和最后的身影留在了刚察大地上，让我每一次走进刚察，站在那汪飘散着各种神话的圣湖岸边，都会目光深情、潮润，遐想万千。

通天河畔的藏娘社

一

这个秋天到来的时候，我在达洛的电脑上看见了一组图片。一座群山怀抱中的小小村落，藏式的石头碉楼错落有致，安详、古朴，仿佛停滞在时间的深处。那一刻，我突然有了想置身其中的冲动。然后，我知道了那个能够唤醒人们想象的名字——藏娘。

“三江源生态保护基金会”支持了我的计划。一番准备后，出发时间已接近晚秋。早晨 7 点，天空清澈，刚刚苏醒的城市里，车流开始驱散夜晚聚集的秋寒。通往玉树的公路正在升级为高速公路的建设中，车速因此变得断断续续。“升级”如今已成为一个社会快速发展的符号，生活在这个时代的我们，常常会在日新月异的“升级”面前显得手足无措。当汽车开始翻越接近兴海县的鄂拉山时，天空瞬间阴沉了脸，接着雪花就零零散散地洒落下来，天地间一片迷蒙。离开西宁没多远，世界已经更换了季节，高原的特征随处可见。

阳光重新浓烈的时候，我们到了清水河镇。在奔赴玉树近千公里的路途上，人口稀落的小镇更像是一个迎来送往的驿站。午餐选在路边的小店，米饭与一荤一素菜肴搭配。但很快我就发现了选择的失误。其一，在海拔四千余米的地方，不该吃米。米脱离了自己生长的那个温暖潮润、氧气充沛的土地，跃升到它无法想象的高度，已被异化，完全没有了故乡的味道。其二，不该吃菜。远道而来的蔬菜价格大大高过肉类，所以饮食习惯总是与环境条件密不可分。在这样空气稀薄、寒冷难耐的地方，一碗热乎乎的牛肉粉汤最适合此时的肠胃。

车过歇武，距离玉树中心结古镇只剩下 30 余公里，略微下降的海拔让我们立马神清气爽。荒芜的大地延伸到歇武又绽放生命的绿色。不过，此时夜幕四合，万物混沌，车窗外只晃动着若干模糊的影子。人生地疏，我们只好尾随在同向车流的后面。我的朋友，藏族学者文扎，为我此行担任藏语翻译，已等候在结古的一家酒店，焦急地一遍遍打来电话，问车行至何处。奇怪的是，浓密的黑暗似乎拉长了前行的道路，预设的时间大大超出，城市的灯火却杳无踪影。先前带路的车辆也不知去向，我们正茫然无措，电话那头又传来文扎的声音：你们是不是迷路了？

文扎的质疑瓦解了我们的自信，被夜色遮蔽的道路突然变得形迹可疑。“高德导航”此时完全失灵，我们只好停靠在路边，等待过路的车辆为我们指明前进的方向。一辆小车被我们拦截了下来，司机是个年轻的藏族小伙，说着流利的汉语，爽快地答应带我们去文扎等候的酒店。我们跟着他的车，仅仅走了不到一公里，城市璀璨的灯光便依稀可见。惊喜之余，想想人的命运也常常如此，离成功一步之遥的时候可能最困难也最绝望。

安顿下来已近午夜。躺在酒店的床榻上，有些兴奋。这是我第一次住进大地震后新建的酒店。上次来玉树采访震后重建，住的是临时搭建的活动板房。短短几年，一座新城拔地而起，而旧貌化为永远的记忆。新玉树街道宽阔，路面光滑，酒店和商铺增加了许多，城区面积是过去的数倍。但我仍觉得那条飘溢着浓浓酥油味，人马同行、熙熙攘攘的老街更令人留恋。

二

我要去的藏娘社不在结古镇，它地处仲达乡的歇格村，还需要沿通天河再向北行驶 120 公里。道路不算平坦，景色却十分别致。不过出发前几天，一场大雨导致的塌方中断了此路，我们只好选择另一条山路。驶出结古镇不远，拐进土路的汽车开始微微颠簸。九月的山峦青黛依稀，静谧如初。在道路深处的一片开阔地，数万块嘛呢石聚集的嘛呢堆在阳光下安卧。很难想象，在这样人烟稀少的山坳里，仍蕴含着强大的宗教力量。嘛呢石大多镌刻的是六字真言，巨大的石片上，五色的字母鲜艳夺目。近旁有座很小的寺院，来礼佛的信众都会在此转嘛呢堆。有趣的是，那些嘛呢石上落有众多麻雀，见有人来，就会落在脚下，歪起小脑袋看你，期待赐给它吃食，渴望的小眼神里没有一丝对人类的惧怕。我为此感动，急忙从包里翻出饼干捏碎，撒给它们。也许，只有在这片敬畏生命的土地上，你才能感受到万物的和谐相处。

接下来是盘山路。山并不高，路却又陡又窄，仿佛一条蟒蛇缠绕在粗壮的树干上。走惯了城市前拥后堵的街道，眼前挂在半山腰上连续呈直角的急转弯不免让人有些心惊肉跳。开车的文扎大约看出了我的忐忑，特意给我讲述了他第一次朝拜藏娘佛塔的经历。关于藏娘佛塔，先前我了解甚少，只知道是闻名于世界的佛塔。但对文扎这些藏传佛教的信众，它的位置可谓举足轻重。文扎说，那时藏娘佛塔不通公路，只能徒步。这条山路，他走了整整一个晚上，黎明时分赶到时，恰好第一缕霞光洒落在藏娘佛塔上。此刻，千年古塔佛光流溢，庄严吉祥，他情不自禁跪下双膝，泪流满面。

我在被文扎虔诚信仰的感动中抵达了藏娘社。正值中午，温和的阳光簇拥着山坳里的村落。照片中的石头碉楼瞬间化为真实，这是一件让人激动的事。电话里传来我们要借宿的房东尼玛的回话，他已早早在家等候。房东家是通过我的朋友多杰和达洛介绍，先前他们在此调研藏娘唐卡，就住在他的家里，因此建立了深厚情感。尼玛全名叫杰益·尼玛才仁，是当地著名的唐卡艺人，如今在称多县的一所唐卡培训学校执教，全力培养唐卡传承的后起之秀。知道我们来访，他特意从 30 多公里的县城赶了回来。

突然闯入的车辆，吸引了村民的目光，不是因为好奇，只是因为陌生。畅通无阻的公路如今让汽车变成了一个日常物件，即使在这座远离都市的村落。尼玛家位居村落中央，此时一家人站在院子里，用灿烂的笑脸迎接我们。汽车开进院子，我看见并不算大的院落有石头碉楼，有鲜花菜地，还有牦牛居住的棚圈，人畜共处，其乐融融，令我的心充满喜悦。

尼玛家显然为我们的到来做了充分准备，床铺上摞满了新洗过的被褥。在此之前我们还担心突然增加的人口会让被褥紧缺，特意携带了睡袋。刚煮好的大块牛肉和自家地里种的土豆、青稞炒面、油炸果子、滚烫的酥油奶茶，还有从县城购买的水果、糖块及各种颜色的瓶装饮料，琳琅满目地摆满了桌面。看来使用了色素和添加剂的现代食品在这里已经有了立足之地，好在传统仍在。

三

午餐后我们的第一件事就是朝拜藏娘佛塔，这几乎是每一个异乡访客的主题。藏娘佛塔原名为“巴隆吉宝”，汉语意思是“盛德山”，公元 1030 年由印度佛学大师班钦 · 弥底迦纳筹建。因为地处藏娘，也就顺了其名。走出村落，佛塔便近在眼前。天空清澈，白色的佛塔与蓝天浑然天成，纯净、庄严。川流不息的通天河在它的俯视下蜿蜒流过，构成一幅令人惊叹的画面。

雄居高处，依山傍水，选址的寓意与考究更添加了佛塔非凡的气势。中秋前后，大多人都在为生计忙碌，正是转塔的淡季。直至藏历新年前夕，流淌的通天河冰冻三尺，忙碌的人们才松闲下来，藏娘佛塔也迎来了一年中最盛大的节日。尼玛说，最多的时候能有上万人。蜂拥而至的信徒在佛塔周围汇集成一条滚滚向前的河流，场面十分壮观。人们远道而来，不仅仅慕名它是世界著名的三大佛塔之一，更是被它代代相传的神玄加持力所吸引。传说佛塔中藏有弥底大师从印度带来的释迦牟尼舍利子，还说转塔具有治愈胃病的功能，但至少要转 1000 圈以上方才见效。我粗略算了一下，藏娘佛塔每圈大约 208 米，那么转上 1000 圈，则需一周的时间。对匆匆过客，这并不容易做到。我们的司机师傅西龙，常年开车，患有胃疾，听说佛塔这般神奇，精神大振，决心利用我们的采访时间专心转塔。尼玛看我们兴致高涨，又说，如果再能吃点佛塔后面土坎的土，效果更好。经他一讲，我才注意到人们在手心舔食的东西原来是土，还有人用饮料瓶子装了准备带走。取土的人多了，土坎上已被挖出大小不一的洞穴。这时，一位藏族中年男子敏捷地攀上土坎，从洞穴内抓出大把的土，捏了一撮放在我手心，并伸出舌头示范给我看。我被他夸张的表情逗乐，用舌尖小心地舔了一下，没有特别的味道，却品出了别样的感觉。我想，某些场景下，心理暗示还真管用。就藏娘佛塔的神异之谜，记得中央电视台《走遍中国》栏目还特地拍摄了短片，片中将此土送去化验，说是含有改善肠胃功能的若干种元素。

按照藏传佛教习俗，我应该沿顺时针绕佛塔三圈。秋日的阳光播洒在佛塔还有转塔人身上，这座公元 1030 年就出现在人们视野里的千年古塔，融入了印度建筑的艺术特色。特别是它的地宫设计，使其成为有别于藏传佛塔的另类风格。那是建造在塔心底部的一个密室，安放着释迦牟尼的舍利子及诸多宝物。我当然找不到任何进入地宫的理由，只好想象它们被黑暗包裹住的琳琅满目。

藏娘佛塔的主体结构如塔基、塔身、塔刹及建造细节，以及塔的分层、柱的数目、宝瓶、伞盖、色彩等，无一不深蕴了藏传佛教的教义与意味。同时，那些镌刻在时光中的传说，更是为佛塔涂抹上了神性的光泽。听村民们讲，迎请佛塔的那一瞬，佛塔突然佛光四射，灼目的光芒照亮了山下流淌的通天河，河面如镜，又将佛影投射到河岸的崖壁上，至今清晰可见。为了考证这个传说，我和文扎黄昏时分特地走到河对岸，仰望崖壁仔细寻找，却一无所获。正在焦虑，一个身披袈裟的僧侣驾车停在我们面前，问明原委，立即携我们前往。果然，顺着他的指引，我们看到了遗留在高高崖壁上佛塔的缩影。我眼睛近视，看不真切，只好借助相机镜头，它的真实存在令我惊讶。在藏地，神的传说总是那样的不可思议。

就说眼前这条通天河，其声名远播与神话小说《西游记》密切相关。孙悟空大战通天河的精妙想象，成为这条长江源头河段最吸引人的广告。人们若是选择入冬河面结冰时朝拜藏娘佛塔，还会领受到通天河的另一奇观——当地藏族群众无论老幼，从河岸背来细沙，在冰面上堆出巨幅的六字真言。此时天寒地冻，经过阳光照射的沙字很快与洁净宽大的冰面融为一体，沉寂无声的巨幅冰嘛呢铺满河面，从高空俯视蔚为壮观。遗憾的是，这样的场面我还没有缘分见识。

四

这是一栋残缺不全的老房子，每一处细节都在向我们释放它年代久远的信息。我们跟随着房主人，看他小心翼翼打开院落木门上锈迹斑斑的大铁锁。门楣上堆积的陈年泥土，长满蒿草，成为鸟族的爱巢。日月轮回，代代相传，房主人也说不上这祖屋的准确年份了。但高大的院墙，坐落的气势，都明示了房主人曾拥有的显赫地位。如今院子里只堆放着一些废弃的日常用品，空寂的老屋人迹荒疏，我们来回走动，日积月累的尘土扑面飞扬。可以看出，时代的变换会消弭许多历史痕迹，但老屋格局距今并无二致。佛堂在整个院落地位尊贵，如同我们现在看到的这样，凋败的残垣断壁间，唯有它完好如初。光线幽暗，借助手机电筒的光亮，那木梁上精美的彩绘和墙上的壁画，带着远去时代的印记浮现在我们眼前。欣喜的是，村民现在有了自觉保护文化遗存的意识，让它们留了下来。

夜色浓浓，村庄陷入了静寂与黑暗，这静与黑的空前，是我们在灯火缭绕和噪音纷繁的城市无法感受的。如同某位作家形容:连空气都是黑暗的。尼玛家的客厅,我们围拢在一起聊天,燃烧牛粪的炉火将温暖传递给我们。屋顶节能灯散发的微弱光亮，让我在笔记本上做点记录都很困难，这光源取自太阳能蓄电池。尼玛解释说，附近那个太阳能小发电站的电不够用，这些年村民的生活提高很快，电视、冰箱、洗衣机等家用电器让用电量大大增加，村里只好采取分片供电的办法，我们正好赶上他家停电三天的日子。一周时间里，有一半是在无电状态下，这在我们的生活里已难以想象。

幽暗的灯光并不影响我和尼玛一家的谈话。尼玛早饭后要赶回培训学校授课，因而这个夜晚对我十分珍贵，我有大把的问题想问，却被语言交流的障碍滞留在了心里。通过翻译交流是受限、被动的，这让我感到沮丧。尼玛的家庭现在有六口人，一对儿女，女儿已经出嫁，儿子也娶妻生子。当了爷爷的尼玛其实刚 50 岁出头，他的妻子还不满 50 岁，24 岁的儿媳已经是两个孩子的妈妈了。生活方式的不同决定了我们之间人生阶段的错位，这也许是我们生活得与失的错位。在整个村落，尼玛家的生活算是宽裕的。尼玛是藏娘唐卡艺人，在当地享有很大名气。他从祖辈传承下来的技艺，如今被儿子接了过去。自己把精力放在了培养年轻唐卡艺人的身上，每年也有可观的收入。我没有见到尼玛的儿子，他几天前被一所寺院请去画壁画了，想来唐卡技艺也到达了较高水准。除了唐卡，虫草是当地家家户户的主要经济来源。近十年来，虫草价格一路飙升，加之玉树虫草品质、卖相远近闻名，销路旺盛，完全改变了村民的生活条件。藏娘社所属的草山，多年来被村民小心呵护，虫草优良的长势绵延不绝。尼玛说，今年他们社平均每人虫草挖到了 1500 根。这时，尼玛的儿媳白玛兴奋地插话说，她一个人就挖了 2400 根。2400 根？按当下的价格，那该是多大的一笔收入啊，大大超过了我的年工资，我感到吃惊的同时，也深感保护自然资源有多么重要。

五

早晨 7 点整，外屋的铁皮烤箱开始发出声响。起初轻手轻脚，之后就越来越大。当炉膛的余灰被掏净后，新添的干牛粪迅速燃烧起来，接着，一只沉重的铝锅盖住了蹿起的火苗。我赶紧翻身而起，我知道接下来尼玛的妻子布毛才让会走进我们睡觉的房间，重复刚才的动作。其实进屋前，布毛才让已经在牛棚里忙碌了两个小时左右了。她先要依次给牦牛挤奶，清理牛棚，再把牦牛交给放牧员，这才准备用刚挤下的牛奶煮奶茶。

尼玛家养了 5 头牦牛，挤下的牛奶足够一家人食用。奶制品是藏民族生活中不可缺少的食物，所以藏娘社家家户户都养有牦牛，草场有限，最多的也不过十余头。为节省劳力，社里采用集体放牧的方式，即把牦牛集中后，由各家每月轮流放牧。每天傍晚，暮归的牦牛从山上慢悠悠走来，女主人就会出去领回自家的牦牛，牦牛的归圈给一天的生活画上了圆满的句号。村落的每一幅场景，都让我读出了盎然诗意。

早餐是奶茶和糌粑。在藏地，这种饮食习惯不知延续了多少岁月。许多年里，这个村落始终过着自给自足的生活。田地生长的青稞，草场上吃草的牦牛，它们的贡献被分别制作成了手抓肉、糌粑、酥油、奶茶、酸奶等，日复一日滋养着在高寒地域繁衍生息的民族壮实的肌体。不同的是，过去食物完全出自手工，天然、纯粹，没有半点现代工业的污染。而今那些一片金黄的青稞地空空荡荡，连飞鸟都不来光顾了。藏娘社没有大片平坦的田地，无法动用机械耕种收割，靠人工成本太高。村民说，劳碌一年不如买现成的青稞粉合算。像尼玛一家，每年买500斤青稞就够了。生活中没有了耕种青稞的劳作与收获，曾经依偎在村旁溪水上的几盘老水磨，也消失在人们的视野中。

布毛才让在我放青稞炒面的碗里添加了一大块酥油，这是用他们家的牦牛奶制作的，鲜嫩的黄色，散发出醇厚的乳香，诱惑着我们被各种添加剂麻木过的肠胃。要将酥油、青稞炒面和滚烫的奶茶自然地融为糌粑并不容易。我数次深入藏地，仍然不能得心应手，最终还是搅成了一碗糊状。尼玛的儿媳掩嘴偷乐，布毛才让却见怪不怪，拿来一只汤勺，让我舀着吃。这个家庭的温和气息让我觉得贴心、踏实。

六

藏娘社只有几十户人家，和江源地区的民居相似，这种被称为“碉楼”的建筑是藏民族匠心独具的建筑。青石片垒砌的栖息空间造型优美，依地势而建的碉楼高低错落，远远望去，气势雄浑。青石片就地取材，河滩上俯拾皆是。那天我在村外的小路上遇见几个背石片的藏族妇女，正在说笑的她们发现我举着相机，突然羞涩地转过脸去，她们负重的背影令我感到了自己的虚弱。细细触摸这些用石片严丝合缝垒砌起的石墙，我惊讶地发现，它们之间大多没有任何东西黏连，完全依靠天然造型相互咬合，却能顽强地抵御岁月与地震的伤害。对我而言，这种传统技艺充满神秘。

但 2010 年那场来势凶猛的玉树大地震还是损伤了村里的一些房屋，尼玛家的老房子也出现了裂缝，现在已经不能住人了，只当作了堆放东西的仓库。震后政府补贴，给每户人家在原址盖了新房，新的建筑材料和统一模式，可能让生活更便捷些，却也改变了藏娘的古朴容颜。相比水泥钢筋搭建的平房，我还是钟情青石片垒砌的碉楼。尼玛家的老房子是传统的三层，一楼堆放杂物，二楼是卧室和厨房，三楼洁净敞亮，设有漂亮的佛堂。最有韵味的是楼层间又陡又窄的木楼梯。楼梯两端，固定着一根结实的牛皮绳当作扶手，已被摩挲得油光发亮。我拽紧牛皮绳，但楼梯陡斜的角度仍然让我下楼的双腿发软，反观尼玛一家，下楼如履平地。

老房子里更让人惊讶的是客厅的顶梁柱。彩色相间的纹路盘旋而上，煞是好看。尼玛笑着让我猜是什么材料的，我仔细辨认，发现竟是我童年用来玩游戏的羊骨节。羊骨节被染了色，一只只拼接起来。尼玛说，这是他妻子布毛才让的手艺。

布毛才让的确是个心灵手巧的女人。她除了像其他藏族妇女一样，要承担重体力的家务之外，还会缝制各种衣物。他们家人身上漂亮的服装，基本上都是她亲手缝制的。其实我尤其痴迷藏族服饰，那流光般的色彩，深蕴的文化，以及倾尽积蓄佩戴的珠宝装饰，昂贵而炫目。节庆日子，它们是一个家族的脸面和女人魅力的集中体现。我很想看看布毛才让和她年轻的儿媳身着盛装的模样，但不知该如何表述，也不知这样的要求是否合适。我看过尼玛的儿子儿媳新婚时的照片，穿着汉族服装，这让我心里暗暗失望。其实如今生活在藏地的年轻人，除了特殊的日子，已经很少再穿自己的民族服装了。

尼玛家的生活逾越了我的想象。起先，我以为尼玛家的女人每天清晨除了挤奶还会去通天河背水。这样的场景无数次地被画家及摄影家定格，成为藏族女性的形象符号。我没有想到的是，清澈的泉水居然引入到每个家庭的院落。水的通畅提升了他们的生活质量，也解脱了女人的重负。现在全家住在政府资助盖成的新房里，新房的面积格局大致相同，有客厅、卧房，还有厨房。厨房里摆着从县城运来的天然气罐，生活正在向着城市靠拢。不过，新房仅仅靠拢了人们的起居，并没有为藏族民居不可或缺的佛堂做好准备——这是他们生活空间最尊贵的领域，是平凡日子里最神圣的内容。我曾看见在更偏远的藏地，那些生活依然拮据的藏族人家，佛堂的富丽出乎意料。其实在我心底，我是多么希望这些新房依然延续石头碉楼的传统，那么任凭时光荏苒，我们仍能看到原汁原味的藏娘社。

尼玛新房前的小块地里，种着土豆、青葱、萝卜，还有在秋天盛开的菊花，这让小院充满生机。土豆足够一家人吃了，新鲜蔬菜却只有去县城购买，所以能吃到新鲜蔬菜便有些奢侈。我们来时，特意带了当地稀缺的蔬菜。因此那两天的午餐，尼玛就特别为我们准备了米饭和炒菜。尼玛的儿媳还将新鲜牛肉剁碎，拌上葱末，做出的包子十分好吃。在曾经的藏娘，这些都是招待尊贵客人的佳肴。饭后，布毛才让总会端来一盆自家牦牛的鲜奶制作的酸奶。尼玛那个小孙女只有5个月大，一次能吃下一碗酸奶，长得白白胖胖的。我发现她也和城里的孩子一样，用上“尿不湿”了。

尼玛的大孙女今年3岁，我带了有趣的儿童零食给她，她也很快就在我的膝头爬来爬去，小嘴里塞满了我送的糖果，却也没遭到大人的制止。她的妈妈捧起她的小手，凑到我眼前，我这才注意到，她右手的无名指，竟然没长指甲。我问是咋回事，她说可能是怀孕时吃了感冒药的缘故。她让我看的原因是想让我在省城医院问问，这个先天缺陷能否修复。我答应了她，但依我的直觉，这并不是现代医学容易解决的事。但愿这不会影响她女儿长大后的生活。

藏娘社家家户户的厕所很是奇怪，非但不封闭，更是完全敞露在光天化日之下。高度与屋顶齐平，需要登楼梯才行，所谓围墙尚没遮掩到膝盖。每次居高临下，我都极具压力，仿佛到处都是眼睛。这样的设计，我猜测可能是为了方便清理，但最终也没能启齿问到答案。

七

通天河南岸，一群古建筑吸引了我的脚步。红、白、灰三色明示了自己的身份：红色象征文殊，白色象征观音，黑色象征金刚手。这是萨迦派寺院的独特标志。桑周寺的建寺年代要晚于藏娘佛塔，却也有500余年的历史。寺院规模最大的时候有150多名僧侣，经过时代的跌宕起伏，现如今也只剩十多个了。主管桑周寺护法殿的僧侣告诉我，桑周寺的选址非常吉祥，四周的山就像一只海螺，寺院就在海螺的中心。海螺是藏传佛教里的吉祥八宝之一，所以当地百姓深受山神的护佑。还说寺院每年的法事活动很多，能占到120天。桑周寺收藏的许多极其珍贵的历史宗教文物还会在藏历新年前后展示，供信徒们膜拜。

我们谈到了动物保护。他说藏传佛教坚持众生平等，尊重世间万物的生存权。认为人与大自然在相互依赖中生存，大自然是上苍对人类的恩赐，因而人类不能对大自然进行随心所欲地索取、掠夺和破坏，必须怀着敬畏之心加以保护。曾经在一些年里，这里的自然环境和野生动物都遭到了严重威胁。现在，随着信仰的回归，情况慢慢好了起来。不久前，这里竟发现了消失多年的麝。麝因其身上麝香的药用价值变得极其珍贵。麝的出现无疑是个吉兆，让他们喜悦。还有通天河里的鱼。通天河水虽然浑浊湍急，鱼却有多个品种。按照宗教习俗，通天河两岸的藏民族是不吃鱼的，也禁止他人捕捞。为此，寺里的僧侣也常常下到河边监督，外来人很难下手。

几个僧侣热情地回答我的询问，面对正午阳光的炙烤浑然不觉。其中有个叫丹增江洋的，普通话很好，他告诉我自己目前正在西藏德格印经院修行，希望有一天能获得格西学位。但不知为什么，他与我交谈时始终抬起手臂，用衣袖遮掩住自己的嘴部。我疑惑，却不敢问，生怕触碰了宗教的禁忌。

距离桑周寺十余公里处有个阿多村，那里的噶扎西寺也有千年历史。最初为苯教,如今是噶举派寺院。沿通天河北岸前往，道路多有险境。不过通天河在此弯出的优美弧线，也营造出难得一见的无限风光。地震造成老经堂出现多处指宽大小的裂缝，现由政府部分资助，正在修建新的大经堂。新的经堂宽敞明亮，地板材质却选用了地板砖，凉冰冰得让我陌生。文扎慕名前来，抓紧机会在向寺院僧侣请教。我听不懂，只好用目光四下收藏美景。忽然天空黑云密布，不多会儿豌豆大小的冰雹叩响大地，白花花地铺满地面。片刻，阳光四射，世界重归安宁，被清洗过的山川河谷恍若梦幻。

更嘎扎西，藏娘社的唐卡艺人。我见到他时，他正站在窗前明亮的光线下画一幅即将完成的唐卡。我说没想到你这么年轻。他笑了，说他 8 岁就跟着舅舅学艺，现在已经 13 年了。他似乎对我全神贯注欣赏这幅未完成的作品有些歉意，又从另一房间抱来几幅画好的唐卡和家里珍藏的古唐卡，甚至有一幅我不曾见过——画在羊皮上的唐卡。对于唐卡，我并没有鉴赏眼光，只是惊讶它纤毫毕现的精湛画技。据当地人说，藏娘唐卡的画艺流传到此和藏娘佛塔接近，差不多有近千年的时光。也因藏娘佛塔远扬的声名，人们便习惯称之为“藏娘唐卡”。很多年里，我了解的唐卡只局限在热贡地区，它繁复而漫长的制作过程，令我对这种古老神秘的艺术肃然起敬。面对生疏的藏娘唐卡，我还不能立刻对比出它们的异同，只知道在传承方式上，藏娘唐卡完全局限在家族之内，而且传男不传女。古朴的碉楼里，顶楼光线最好的那间，一般都是男人的画室。热贡唐卡最早的画师是寺院僧侣，为了弘扬宗教教义和信仰需要，以对藏传佛教的热情与虔敬，将创作与修行融为一体，因而唐卡艺术也被称作“笔尖上的修行”。后来寺院所在村落的年轻人渐渐开始学画唐卡，新世纪后，随着热贡唐卡声名渐盛，受到市场热捧，当地先后办起唐卡绘画技艺培训班，并打破传统规矩，女孩也出现在培训班学员里。相比之下，地域偏远的藏娘唐卡，依然存在“养在深闺人未识”的冷清。

八

在藏娘佛塔脚下的一个商店，我见到了藏娘社前任村长江洋加措。他满面和善地坐在柜台里，脑袋上扣着一顶咖啡色的藏式毡帽。商店面积不算很大，货架上稀稀落落摆放着一些日常用品和包装鲜艳的小零食。从商店敞开的门望出去，可以看到藏娘佛塔的一部分，以及终日不断转塔的人群。我坐在柜台里临时搭的小床铺上，看见电视旁的两个插线板插满了充电的手机。这说明来充电的主人家里都停了电，还说明了当下手机的无孔不入和人们对手机的依赖。家里没电可以，但手机不能一刻无电。江洋加措今年 59 岁，当村长已有 20 余年，差不多占去他生命的一半。他说那时候村里没有电，通天河上也没有桥。过河靠牛皮筏子，遇到雨季，河水湍急，牛皮筏子并不安全。人们又想了个办法：用四个汽车轮胎，上面绑块木板，渡河要平稳许多。但主要的生活用品还要靠冬季通天河结冰时用马和牦牛驮过来。江洋加措的讲述勾起了我对藏娘旧貌的想象。码头、牛皮筏子、驮粮食的马帮，都曾记录了藏地历史的一个侧影。

谈话不断被进来购物的村民打断，多半是年轻人和孩子。小伙子们喜欢买带颜色的饮料，孩子们的目光则锁定在色彩缤纷的零食上。有个小姑娘买了满满一大塑料袋，花了100多元钱。这些脱离了土地，又加入了很多人工手段的食物，正在慢慢改变着他们的肠胃。我对忙个不停的江洋加措说，生意还不错嘛！他笑了，重新坐回到凳子上说，不行啊，这两年冷清多了，虫草价格走低，村民花钱不像前些年那样痛快了。我卖完这些货，也不打算再干了。为什么？我好奇地问。这个商店属于桑周寺，当时我不做村长了，想找点事做，就承包下这个商店。现在每年上交了承包费用，剩下的利润就不多了。

话题还是离不开生态保护。江洋加措说，宣传教育很管用的，以前山上的灌木丛差不多都被砍光了，后来村里成立了护林队，采取了一些保护措施，现在灌木恢复得很好。村民们每年挖虫草，要在山上吃住一个月，也都能自觉地把垃圾带回来了。

在藏娘的两天里，我在村里转悠时，很注意垃圾处理。因为转塔人众，伴随而来的生活垃圾之多可以想象。村里没有更好的办法，便由村长每周组织一次村民拾捡。我看见村落旁的一片空旷处，由砖块砌成简易的露天垃圾箱。如果垃圾堆积多了，就会集中焚烧。我为此隐隐担忧，垃圾的堆放和焚烧场地，紧邻村民生活区和流淌的通天河。而且现代工业文明以无法降解的塑料包装居多，露天焚烧会造成有害物质排放，严重影响生态和人的健康。但我无法去向他们解释，我知道自己并没有能力给予他们帮助。

藏娘社在行政划分上属于歇格村，歇格有 7 个社，藏娘是其中之一。这 7 个社分布在通天河两岸，让我感觉村落似乎无限大。来之前我打算多走访几个社，亲眼看看那些传承久远的民间手工艺。特别是尕达社的陶器，因拥有黏性极好的土质资源，孕育了陶器制作艺术的源远流长。它古拙的造型、天然的质地，无疑见证了一个民族的独特心智。但村民告诉我，尕达社现在已经无人制作陶器了，那些老艺人有的过世，有的跟随儿女住到了县城，没有年轻人再愿意学习这门手艺了。对于工业文明冲击下传统手艺的消失，尽管我早有充分的心理准备，但看到真正失去了，依然会黯然神伤。

只有生活节奏是不变的。风和日丽的时候，一些中老年妇女会聚在村巷的某处，神态安详地聊着家常。我好想融入她们中间，共享这山村的静谧时光，但语言却无情地隔开了我们。

九

成林秋久，藏娘社的现任村长。在他家宽敞的院子里已不见了碉楼的踪影。这个并非大地生长的建筑，让我恍若走进城市近郊的农家小屋。我们的出现似乎让他有些迷茫，成林秋久并不明白我的身份，在他心里可能一厢情愿地认为，来自省城单位的人，都有能力为他们解决点实际问题。作为村长，他有焦虑，也有愿望。我认真倾听他的心思，尽管我知道自己的能力也只限于将他内心的某些东西转化到我的笔下。他说真盼着村里能有所小学校，刚入学的孩子那么小，要去很远的地方上学，家长不放心，常常跟着去，很影响家庭的正常生活和生产。还有藏娘社的地势临水靠山，没有大面积的田地，村里劳力稀少，靠人工耕种成本很高，但地也不能撂荒了，要是有小型的农用机械就省力了。他又提到每年随着来转塔的人增多，流浪狗数量也猛增，不但遍地狗屎，还常常伤人。村里组织人抓了几次送到养狗的地方，但没有管理这方面的资金，长此以往也不是有效的办法。

成林秋久读过书，很重视文化。他的儿子在画唐卡，女儿考到了西北民族大学。村里先后有十几个孩子考上了大学，他都会给予一定的奖励。不过，他的语气瞬间又变得忧心忡忡，年轻人读了书，不愿意再回到村里放牛种地，又找不到工作，很多都成了无业游民。我担心用不了多少年，这些村落就会慢慢消失了。成林秋久今年 49 岁，他的困惑也是中国乡村正面临的问题，他的焦虑也是我们共同的焦虑。

与藏娘社隔河相望的村落叫歇者。站在藏娘佛塔后面的看台上俯视，歇者静静地安卧在通天河的臂弯里，十分诗意。我坐了桑周寺一位僧侣的车前往，汽车小心翼翼驶过摇晃着的吊桥时，不免心惊肉跳。当歇者近在眼前，我才发现村庄的布局要比藏娘社简陋了许多。开车的僧侣及时解答了我的疑问，他说这里的草山是按社严格划分的，藏娘社的草山虫草长得好，产量比歇者大很多，收入就有了差距。歇者的村长普布出门了，村民就给我们叫来了一位长者。他的家就在公路旁，极宽大的院子。有趣的是，随他涌出院门的，有几个女人和一群孩子，好不热闹。再看他，高大剽悍，头上缠着红丝带，虽已 60 岁出头，但其气势恍若格萨尔传说里的英雄。于是我对这个家庭充满好奇，但他并无请我们去他家里坐坐的意思。我只好在女人和孩子的目光注视下，和他聊了起来。

他先指着村后那座山说，原来他们的家都住在那，地震后就迁到山下来了。现在这里只有 20 户，还不到 200 人。然后他又指着河对岸成熟的青稞说，那是我们的 540 亩青稞地，但我们的收入主要还是靠畜牧。那虫草呢？我还是忍不住问了。虫草不行，每人也就是 100 多根。说着让人拿来一只像白萝卜一样的东西，问我，认识这是什么吗？我笑着摇头，他于是有点得意地说，这叫蔓菁，是我们这里主要的蔬菜，然后还用小刀切下一片让我品尝。

他声音洪亮，簇拥在女人和孩子中间，满面笑容，威风凛凛，这是几天来我见到的最标致的康巴汉子。

十

我决定去尼玛授课的唐卡艺术培训班看看。培训班在称多县城的最东端，一座叫“嘎成宫大酒店”的后院，一排简易的活动板房就是他们的驻地。这是称多县目前唯一培养唐卡绘画传承人的地方。它的全称叫“称多县布塔唐卡绘画职业学校”。布塔是学校的投资人，50 多岁，后脑勺留着马尾辫，脸庞清瘦，很有文艺范儿。他受过教育，经商多年，能说流利的汉语。布塔创办这所学校完全是公益的，学校只有 8 名学生，都是县里的孤儿或贫困孩子，最小的只有 11 岁。布塔说，孩子们在学校全部是免费，虽然简陋了些，但现在尽力了也只有这个条件，慢慢改善吧。我看了他们的宿舍、教室还有饭厅，感觉布塔能做到这样，已很不容易了。布塔让孩子们拿来自己的习作让我看，习作画在白纸上，被装订成厚厚一本。看得出还是初学者的基础课，无非是佛像的标准比例还有勾线等，习作的内容基本一致，不过每个孩子悟性的不同决定了水平的差异。窗外正在下雨，飘来阵阵深秋的寒意。我要求给孩子们拍张合影，他们望着我的镜头，露出拘谨的表情。只有布塔和尼玛，站在孩子们中间，灿烂地笑着。晚上，我们住在布塔的“嘎成宫大酒店”里。酒店很大,空空荡荡的,没什么客人。称多县城的街上，成群的流浪狗在打架，此起彼伏的狗吠声绵延不绝，一直进入到我的梦中。

返回的那天早晨，天气出奇的好。大片云朵在草原的上空变幻出无法言状的美，似乎扑面而来时你一伸手就能抓到。最不可思议的是，天未下雨，我们却遇到了美丽的彩虹，它巨大的弧度竟然跨越了整片草原，久久不曾散去。我想，这福分一定来自我们与藏娘佛塔的佛缘和藏娘社的深情。据说“藏娘”的汉语意思是“世界的中心”,也有人说是“大山的入口”。其实，

大片云朵在草原的上空变幻出无法言状的美，似乎扑面而来时你一伸手就能抓到。最不可思议的是，天未下雨，我们却遇到了美丽的彩虹，它巨大的弧度竟然跨越了整片草原，久久不曾散去。

这并不重要，所有的母语翻译成另一种语言，都不会完全恰如其分。在这个世界，任何事或人，只要占据了你的内心，就会无限大，哪怕大过了宇宙。

古镇底版

平乐古镇是巴蜀大地上成百上千个古镇之一。在来到这里之前，古镇全部出自我的想象，对一个年复一年生活在高原的人，这并不奇怪。高原提供给我的画面，永远是绵延的群山，舒展的草原，金顶红墙的寺院，还有土墙围拢的农舍。尽管这些年里，乌镇、周庄、徽州、丽江经由画家、摄影家的渲染相继名噪天下，但我并没有向它们前行半步，这是因为那里游人密集的聒噪声响和浓烈的商业气味篡改了古镇的内涵，让我觉得好容易从城市的污浊中逃逸出的心灵并不能有安顿之处。

在成都开往平乐的旅游大巴上，空空荡荡的座位证实了我的预感，平乐不会是一个热闹的地方。也许是 90 余公里的路程将它与城市间的关系变得疏远。除了司机和导游，车上只有我们三个游客，所以整段路途我们都被沉闷紧紧裹住，直到穿过一个叫邛崃的县城，渐渐密集的树木和青瓦白墙的老屋向我们呈现出古镇的迹象，我才得到一点松弛。

站在古镇中央，所有老街都撩开面纱，期待我的进入。正在茫然四顾，一些木制小牌上的汉字为我的脚步指明了方向，然后我就看见了长庆老街背后的白沫河，河边巨大的古榕树，还有那座著名的七孔老桥。白沫河很宽，平静的河面上只有家养的鸭群划出的细小波纹，这些都是古镇必备的场景，早已在我心里生长，一点也不感到陌生。临近正午的阳光开始热烈地照耀在缀满青瓦的大屋顶上，伸长的房檐几乎遮掉了半个街道。这是传统川西民居的样式，和高原村落里平坦得能赛跑的屋顶迥然不同，它们的差异让我又忍不住感慨祖国大地如此辽远。一股米香从老街拐角处溢出，在一个老人面前的竹篮里，被粽叶紧裹的条状米粑冒着热气，我迫不及待地塞进嘴里。同车的那个男人迎面走来，看我吃得香甜，也买了两个嚼着。我问他从哪里来的，他回答说：澳大利亚。然后就消失在老街背后。人与人的相遇永远充满偶然，也许我们就常常与我们不该错过的人擦肩而过。

平乐古镇早在2000多年前汉景帝时期就是商贾云集的重镇，老街上的店铺民居都有百岁高龄。在看腻了城市里呆头呆脑的水泥建筑后，这些泛着沧桑光泽的门板让我亢奋。它们每日以缓慢的节奏开启和闭合，洋溢出世外桃源般的诗意。想象让我忍不住惬意地靠在斑驳的门板上，成为一张照片的最佳背景。一个看我拍照的女孩问我愿意不愿意上她家的阁楼上照相，“只要3块钱”她笑着说。于是我进入了那个光线微弱的老屋。通向阁楼的木梯十分窄，还很陡，踩上去居然有些摇晃，并发出“嘎吱”声，但老旧的窗棂依然美丽，精致的木雕传递了一个世纪前的生活情趣。老屋的陈设依旧保留着最初的格局，正屋中央，挂着老屋里最早主人的照片，因为年代过于久远，女孩并不能讲清他的故事。

站在阁楼外的晒台上，一条老街便能轻松尽收眼底。古老的生活方式总会令一些整日在城市里奔波不止的人们艳羡不已。很多次我遇到与此相似的图景，欧洲的某个小镇或小岛，恬静如画，我都难以抑制内心的冲动——留下来，不走了。我脑子里塞满了这个念头，而最后的事实是，匆匆赶回那个属于我的城市,继续往日疲惫的生活。一些时候,城市会令我们厌恶、焦虑，可我们已深陷其中，无力自拔。家庭、工作固然是羁绊的因素，但无法获得真正自由的是我们的心灵。我们似乎已经习惯了城市里车水马龙、忙忙碌碌的生活，这已形成了我们某种精神慰藉。如果突然间万籁俱寂，与往日的热闹隔绝，被已有的功名淡忘，我们的内心又会重新陷入一种慌乱，甚至惧怕。所以即使古镇令我们沉迷、喜悦、一往情深，也只能成为我们情感宣泄的出口，调节心态的工具，不可能成为我们长久的停泊地。

白沫河边的吊脚楼是平乐古镇里我最喜欢的一处景色，饱经风霜的木柱努力支撑着庞大的身体。在历经了一个漫长的年代之后，临河而筑的吊脚楼已所剩无几。除了吊脚楼，白沫河岸吸引我的还有一些光滑如镜的石头，这是无数洗衣妇磨蚀掉的年华所致。现在，越来越先进的生活用具为人们赢回了大量时间，可人们并没有因此得到轻松和快乐，看来生活之累不在于肢体劳动的解放，而在于向我们步步紧逼的生存压力。在吊脚楼一旁的墙壁上，我看见一个很大的时间表，上面将古镇的一天分成若干个段落。它们分别是挑水、淘米、洗菜、洗污物等，为了饮水卫生，古镇居民千百年来始终严格遵循着这样的秩序。如今古镇居民大多饮用井水，白沫河边挑水洗衣的人日渐稀少，河水却并没有被污染，依然清亮。这是古镇的魅力所在，也是古镇居民恪守自然法则的佐证。

不过，古镇依然不能逃脱现代生活对它的侵蚀，在平乐老街敞开的店铺或香气四溢的小吃店里，慢悠悠操持生意的主要是老人或者妇女。古镇简单的生活模式已无法牵制年轻人向城市飞翔的身体，他们希望把自己奔放的青春与城市响亮的节拍融为一体。缺少了青春血脉的古镇或者一天天衰老，或者星星点点冒出粗俗的水泥建筑、人工景点，这似乎成了古镇的必经之路。

存在于古镇中的许多事物都能组合出趣意盎然的图案，令人痴迷。譬如房檐下悬挂的腊肉板鸭，店铺前摆放的各式竹器，古榕树下围坐在茶桌旁的老人。天色渐渐朦胧，古镇的老房子随风飘散的木质香气让我温暖，我却不能在它的怀抱中度过一个幽静之夜。离开古镇的最后一班长途客车已经发动，我不得不走向它，回到城市那密不透风的水泥盒子中去。

平乐古镇在我回返城市的途中就已化为了过去式，在时间的分秒中，古镇的老人会越来越老，古镇的年轻人会越走越远。也许总有一天，古镇的记忆之门只对游人打开，而古镇的后代却对此兴味索然，就像那个守在祖先的老屋里却对祖先的故事一无所知的女孩一样。我去过的古镇目前只有平乐，但我可以就此联想到许许多多的古镇。在城市面孔千变万化的今天，古镇显露出了它脆弱的一面，城市渐渐发达的现代生活，正是古镇的隐秘杀手。

几乎每个人都能预测到古镇未来的命运，就像我们清楚自己的生命终将戛然而止。但我们还是不遗余力地想延续古镇的寿命，不遗余力地想把古镇的精髓镌刻在人类文化史册的底版和我们心灵的底版上。比起照片，底版的存放可能会更长久。

看海的时候

我喜欢海，这也许与故乡有关。我的故乡是渤海湾里一个不起眼的小渔村，那里一年四季都弥漫着海的气息，潮腥潮腥的，微带点苦涩。而朝朝暮暮被这海风沐浴的人们，心地善良，身板结实，即使生活在最困难的年代，村里老人也有一多半活到九十岁以上。很久以来，我一直渴望自己能傍海而居，推开书房的小窗，扑面而来的便是一望无际的湛蓝和海水的气味，那心灵该是何样的沉醉呵。这种梦幻所以久久地停泊在我心灵上，大概还是因为我与故乡相隔过于遥远。我长在西部的高原，这里许多人一生一世也没有见过真正的海，对于那些生活在山区和草原，甚至从来也没有见过电视的人们来说，海更是一种只能被想象的东西。就像我自己，与大海血脉相连，却隔山隔水，真正临海而居，没想到竟在异国。

1992年的冬天，我去了荷兰。在夏天到来的时候，家人介绍我去海牙一个中国朋友家小住，当汽车缓缓停靠在朋友家门口，我转身回眸，一片跃动着的、美丽的大海落入眼中。我才知道，这里就是著名的旅游胜地——Scheveningen（思凯文宁根）。因为临海而居，我在这里一下子就住了半年多，度过了夏秋两季——正是思凯文宁根最温情、最浪漫、最富有情调的季节。

荷兰是个花园式国家，玲珑精致，四季潮润，怒放的鲜花驰名世界，但唯一缺少的就是我们高原灿烂、热烈的阳光。所以，珍爱阳光的荷兰人每到夏季便举家出动，聚集于思凯文宁根海滩充分享受阳光。很多时候，我望着海滩上那一片裸露肌肤、舒展四肢的男男女女，心里总忍不住冒出这样的念头，最好让他们躺在高原的戈壁滩上试一试，尝尝阳光的真正滋味。与高原夏日暴烈的阳光相比，荷兰的阳光过于柔媚、过于温情，它无法将那些苍白肌肤涂抹成荷兰人心中向往的橄榄色。

思凯文宁根海滩的确迷人，简直可以说是风情万种。第一次来到海滩看海，我发现我的目光里全是赤裸着上身的男男女女，尤其是那些年轻女人，自豪地袒露出丰满可爱的乳房，走来走去，旁若无人地与恋人亲昵。而我，这个在西北古朴民风熏陶下长大的高原女人，则衣冠楚楚、面红耳赤地坐在那里手足无措。在他们的坦荡自然中，我的模样是那样扎眼，格格不入。那一刻，我突然感到我生活的高原小城和这里的距离是如此遥远。

每天伴着夕阳，我都会沿海滩走很远很远的路，走过那些竖立在海岸上别致辉煌的建筑、酒店、购物中心，还有当地人称“卡西诺”的大赌场。每次我都要在那个华丽的购物中心转上一遭，我喜欢在那些精美绝伦的商品前久久驻足，它们制作的精良与考究都堪称艺术品，令人百看不厌。但它们昂贵的价格又足以让我感到自己一贫如洗。我久久注视它的目光里没有艳羡，更没有贪婪。我从不眼馋根本不会属于自己的东西，也绝不接纳违背意愿强加于身的东西，况且那种雍容华贵与我这个高原人的骨架也极不相配。海滩上还有许多可以移动的酒吧和咖啡屋也惹人喜爱。黄昏时分，纳凉的人们三五成群，落座其间，悠闲地品味啤酒加咖啡的情调，歌手深情柔美的歌声轻轻滑过海面，缥缈悠长，构成了思凯文宁根最富有诗情魅力的一幅图景。在这包罗万象的图景中，最难以忘怀的是经常出现在海滩的几个来自土耳其的流浪艺人，他们的歌声和舞蹈都饱含了远离故土的感伤与思念，如泣如诉、动人心扉。我相信，世界上再也找不出比音乐更容易传递人与人之间情感的媒介了。

人真是奇怪，身在高原，魂牵梦绕的总是大海。如今坐在海边，望着涌动的蓝色，心里却只有高原。也许生活就是这样循环往复，渴求的总是离自己非常遥远的东西。我看海更多的时候是在月朗星稀的夜晚，那时海滩上日光浴的男女已经离散，酒吧也消失了歌声，海滩一下子显得空荡、平和。银色月光下的大海此时变得深沉、神秘，泛出灰色的光点，和天浑然一体。远处的船舶，依稀有灯光闪烁。这时我会觉得海不再博大无际，似乎海的那一端就连着高原，屏气静听，隐隐传来我儿子稚嫩的笑声。被月光覆盖的海滩朦胧寂静，没有人会想到一个中国女人此刻凝神于海水时只思念她的高原，更无法看到她脸上滚落的颗颗泪滴正融入夜色中的沙粒。

我回到高原很久了，我依然常常梦见海。不过那个梦中的海滩已经没有了赤裸的男女、酒吧和“卡西诺”，它只有一片洁净无尘的白沙滩，还有海面上摇晃的几只样式古老的小小渔船。

那是我故乡的海。

南门峡：被遮蔽的桃花源

全没有想到，在南门峡宽敞的怀抱里，还隐匿着这样一处飘散诗情画意的地方。南门峡是互助土族自治县的一个镇，享有“互助粮仓”的美誉。自从通了高速路，省城西宁与互助县近 40 公里的距离就如同去邻家串门似的便捷。于是我常选择不同的季节，将亲近大自然的目光定格在北山国家森林公园。而同属一方土地的南门峡，却因其默默无闻而被忽略了。曾经路过南门峡水库，也只是站在大堤上，望望两山夹峙的一池安静的水，便掉头离去。如果不是南门峡镇政府的愿望牵引，也许我会永远和那幅梦幻般的景致擦肩而过。

我们进入南门峡时，漫山遍野的油菜花正在灿烂，醉人的香气弥漫四野。此前同样的时节我专程奔到海北门源看油菜花怒放，一望无际的金黄绵延数里，铺天盖地，令人震撼。不过遗憾的是，门源的油菜花声名远扬，诱惑得游客趋之若骛，整个金黄的世界到处是红男绿女搔首弄姿，搅扰得人心绪无法安宁。

与南门峡的相遇却意外地暗合了我的心思。汽车从南门峡水库翻过几座低缓的山坡，眼前瞬间一片开阔。很快我就看见一些簇新的商店和餐馆组成简易的十字街头，明示了此处是南门峡镇的中心。由于几乎没有游客光顾，商店和餐馆都显得冷清。引人注目的是距离镇中心不远，那个刚刚新建的广场。不但铺有漂亮的地砖，还搭建了规矩的舞台。它们的出现为南门峡镇添加了文化气息。在城市近十余年迅速丰腴的体态里，广场似乎已经成为不可或缺的重要器官。对整日囚禁在水泥森林里的城里人来说，广场不但是他们健身散步的最佳选择，同时还繁衍出了时尚的广场文化。不同的是，过去习惯围坐在打麦场上的南门峡镇百姓，正在适应广场这个与时俱进的新鲜事物。他们需要在呼吸打麦场上晾晒的粮食味道的同时，也要感受广场上传播的文化气息。站在被清晨柔和阳光抚摸的广场上，我忍不住在想，这座舞台应该上演什么样的文化，才能聚拢来这远近村庄里的男女老幼？

汽车拐出小小的街市，一幅斑斓亮丽的画卷随即徐徐展开。南门峡镇盛产的青稞和油菜是大地的主色，墨绿的青稞和鹅黄的油菜花编织出的几何图案，恍若塞尚笔下色彩饱满的艺术画作，铺满了田野和山谷。我们站在高处，不停地用相机裁剪塞尚的画作。这里天和地是静谧的，田野和山谷是静谧的，一幅幅画面纯粹洁净，不含半点杂质。在不算宽的水泥公路旁，是连片的农舍，同样被成熟的青稞和油菜花环绕。也许因为这条路通向山谷，那些农家的房屋尚未被粉刷成统一的颜色，典型的西北庄廓，裸露出泥土的本质。我看见农舍间的缝隙中有跑动的狗和鸡，村口有神情安详闲聊的妇女。这样的村庄应该是被诗人们吟诵的村庄。我正在欣赏，道路却突然消失，一条望不到尽头的山谷横在面前。有声音告诉我：七塔儿沟到了。

七塔儿沟，十分好听的名字。我不晓得它的意思，只知道离这不远有用“七塔儿”命名的村庄和小学。“七塔儿”让我联想到塔尔寺门前八座颇有气势的白塔，那是藏传佛教格鲁派寺院的标志，用来记载佛祖释迦牟尼的八大功德。我们下了车，徒步前行，一片郁郁葱葱的草地迎面而来。消失的道路令我心中一阵窃喜，意味着这里的原生态景致依然如故。如今，道路像一张大网覆盖了我们的大地。它四通八达，穿山越河，成为现代社会发展水准的一个标尺。道路在加快我们生活速度的同时，也把商业污染传递到了各个角落。通畅的道路满载着一车车生活无忧的游客，赏名山大川，访古镇古迹，看藏区草原，所有能称得上景区的地方，只要汽车能到，都是人头攒动，人声鼎沸。用作家于坚的话说：“只要技术上允许，人类会及时把高速公路修到珠穆朗玛峰的顶上去，把那里变得像广场一样热闹，在那里收门票，开小卖部。”那个叫徐霞客的人，可能不会想到，仅仅过了几百年，世界已经天翻地覆，他眼中的风景一去不返。

正是盛夏，忽明忽暗的阳光使山谷里有如深秋般寒凉。在七塔儿沟边缘开阔的草地上，一顶漂亮的藏式帐篷已经搭好，南门峡的乡亲正在忙碌我们的午餐。这里并非远离城市，但无孔不入的“城市病毒”并没有改变南门峡人敦厚、实诚的本性，倒是我为自己的无功受禄有些不安。一股清泉从山谷深处顺势而下，在沟底开辟出一条清澈见底的河床。溪水两岸，一丛丛黄色的野花无忧无虑地绽放，一群群牛羊无忧无虑地吃草。我们沿着汩汩流淌的山泉，逆行而上。在一块平展的石壁前，我们看到了南门峡人反复提及的岩画，风雨的侵蚀已使岩画有些模糊。查阅互助历史地理的资料，我并没有搜索到与这幅岩画相关的内容。但事实是，那神秘的符号已把人类抵达七塔儿沟的足迹推向了岁月深处。是什么样的人，在什么样的日子留下了他的手迹？能否解读出这个答案也许并不重要，我关心的是，那双在石壁上留下手迹的人的眼睛看到的是不是和我们同样的风景？

背风向阳的山坡下，散落有石块垒砌的小屋，远远望去，就像摆放在草地上的巨大石块。这是放牧人临时栖身的居室，当地人叫“夏窝子”。在夏季广袤的草原上，被称为“夏窝子”的牛毛帐篷随处可见，那是草原牧民随时迁移的家。但这种石头小屋我还是头回见到。如果说草原和帐篷、蒙古包是融为一体的图景，那么这些就地取材的“夏窝子”，也为山谷呈现了人与自然的和谐之美。石屋前后，有同样用石块垒砌的羊圈与之相伴。我凑到一间石屋前，主人不在，羊圈里剩下三只出生不久的小羊羔，可能是饿了，它们紧紧挨在一起，不停地叫着，呼唤它们在山坡上吃草的母亲。我被打动了，用相机对准它们弱小无助的可爱模样，想不到它们叫得更凶了，似乎是对我这个不速之客表示抗议。可能主人就在附近，我正对石屋探头探脑，主人出现了。并不魁梧的身材和普通的汉装使他看上去更像个农民。我被请进石屋坐了片刻，屋里的陈设比牛毛帐篷更加简单，用作燃料的干牛粪占去了空间的一半，另一半是石块搭起的床，一点粮食和一只铁皮炉。我那天非常渴望炉子上正炖着冒出香气的奶茶，就像在大草原上人困马乏时钻进牧人帐房接过女主人递过来的滚烫奶茶。炊烟和茶香会使石屋更具诗意。可屋里的铁皮炉是冷的，茶壶是冷的，主人也没有燃火烧茶的意思。我们聊了会儿有关牛羊的话题，告辞的时候，他送我到门口，与石屋的背景组合出颇有意境的画面，看我举起相机，他的脸上瞬间堆满笑容。

七塔儿沟的深处还有一处岩画，我走不动了，和“蔡镇”先返回那顶扎在沟口的彩色帐篷。“蔡镇”的名字叫蔡秀萍，叫她“蔡镇”是因为她是南门峡镇镇长。她无疑是个能干的女人，每天为近3万人口的大小事务忙碌着，能把日常数不清的琐事处理得条序井然，足以见证她出类拔萃的领导能力和智慧。返回路上，必须要越过在山谷里川流不息的溪水，所谓过河的桥是距离一米多宽的两块大石头。“蔡镇”身轻如燕，一跃而过，我却站在河边打怵，对自己完全失去信心。最后只好脱去鞋袜，蹚水而过。想不到山里的溪水冰凉彻骨，差点让腿抽了筋。我糟糕的运动天赋在这一刻暴露无遗。

七塔儿沟一年中的大多时候，都很难见到跑动的生物。只有在草木茂盛的夏季，才能看到牧人和他们的牛羊。偶尔也有戴着鲜艳头巾的村姑进沟采挖一种叫玄麻的植物，用来加工互助县有名的，当地人叫“背口袋”的小吃。那天我在帐篷外简易的灶台上，亲眼看见了“背口袋”的加工方法：先将新鲜的玄麻切碎在锅里熬成稀糊状，然后平摊到薄薄的白面饼上，加点调料，折叠成口袋的形状。这种香润松软的食物我头一次吃到，感觉是纯粹的乡野风味。

与七塔儿沟相连的另一条沟相对平缓敞亮，饱满的阳光让大地野花烂漫，没有路，湿润的土地上只见车轱辘印。汽车小心翼翼地从高过车顶的油菜花中穿过，别有一番情调。幸运的是，那天阳光明媚，因为如果落雨，湿滑的草地上汽车将寸步难行。缘于此，这个被称作“西沟”的地方杳无车迹。我们刚刚离开停泊在草地上的汽车不远，几匹在周围吃草的牛马便好奇地围拢过来，又是闻又是看。显然汽车在它们眼里还是个稀罕的物件。而在远离城市的草原，牛羊对穿梭在公路上的汽车早已司空见惯，常常还慢条斯理地霸占住公路，害得司机跟在后面小心地打着喇叭。看来道路改变的不仅仅是人类，还可以改变大地上的一切。

西沟同样有零星的石头“夏窝子“，牛羊的数目也更多些。

许多漂亮的奶牛并不吃草，只是慵懒地卧在阳光下。你凑到跟前拍照，它也无动于衷，一副气定神闲的样子。西沟的神奇之处是山顶上有一汪自然形成的天池，那一池暗黄色的水，究竟在山顶上蛰伏了多少年，谁也说不清。我因为腰刚受过伤，不能劳累，只好羡慕地望着他们渐行渐远的身影。留下的王文泸和解生材两位老师，也因各自的理由终止了继续攀爬的脚步。我们歇在一座石头小山上，沉默无语——我们被突然降临的静谧震住了，任何声音在此时都显得多余。我们整日生活在密不透风的城市，被各种平庸的声音包围搅扰，疲惫不堪。此刻一切荡然无存，只有黄绿相间，如油画般的山坡、五彩缤纷的草地、安闲嚼着青草的牛羊和拂面的清风、和煦的阳光。时间仿佛停滞，世界完全与现代文明隔绝，对于我们积蓄已久的浮躁世俗的心灵，这样的时刻是多么奢侈。而这样一处梦幻般的桃花源，竟然就潜伏在我们身边，独自茁壮成长。

南门峡的许多景致都令我激动，当它们再次出现在我的电脑上时，几乎所有的朋友都为之惊讶，他们说：这么美的地方，我们咋不知道？

南门峡以浸润心灵的美征服了我，它在馈赠给了我世外桃源般美好想象的同时，也带给我了一点忧伤。我不知道，当这些山谷有一天被打造成又一处游客蜂拥而至的景点时，它还会不会存留住这种脱俗的美、原始的美、恬静的美和天人合一的美。生活常常令人困惑，旅游在制造了经济效益的同时，也制造了文化的大同。当我们身背行囊，裹挟着旅途的风尘去寻找那些遗存古老民风和独特习俗的地域，却发现旅游的过度开发已经篡改了它们的面容，比如曾经的周庄或曾经的丽江。

很快到了冬天。第一场冬雪飘落后，我们又来到了南门峡。初雪覆盖了这里的山冈、村庄和田野，将色彩斑斓的油画置换成了素雅端庄的水墨画，出落成一种淡然高洁的美。我们走进一户农家，大门外几个人正在清洗刚刚宰杀的八眉猪。屋里炉火通红，炖着茯茶、烫着青稞酒。窗外晶莹的雪花飘飘洒洒，我们围坐在热炕上，回味远去的乡村情结。可以说，我对乡村的体验微乎其微，热炕却令我始终痴迷——那种暗暗传递的温热由表及里，直抵你的内心。围坐在农家炕桌旁和彬彬有礼地坐在城市餐馆漂亮的包间里，无论摆放的食物、交流的情感、表述的话语，都会有本质的区别。“热炕”是汇聚乡村情感的一个重要依托，它浓过青稞酒的真诚，填充了长久以来城市缺失的部位。我相信，无论现代文明有多么强势，它都不会从乡村的视野中消失。

对南门峡的发现还在延续，如果这些文字还能算作发现的话，我不知道对南门峡是不是意味着一种幸运。

一往情深
—— 写于海子七周年祭日

印有“1996 年 3 月 26 日”黑色字体的日历在我们的悄然注视下一翻而过并永不再返。对于漫长的生命岁月来说，这个日子显得平淡而又微不足道，但它每一次的降临，都在醒目地提示我想起年轻的诗人海子。七年前的这个时刻，海子舒展四肢躺在冰冷的铁轨上去了一个与我们完全隔绝的世界，令中国诗坛惊悸震动，也令他的诗友痛楚不已。这以后数年中，人们无休止地追溯着海子自杀的缘由，并书写出种种猜测与臆想。其实，无论它们有多精彩、多独到、多深邃，对于去了的海子，已经无关紧要了。

很长时间里，我一直都在想着拿起笔来写写海子，所以如此是因为我无法忘记 1987 年的夏天，海子从拉萨返回途经西宁时，曾坐在我面前倾诉他的诗歌理想。说来惭愧，在那之前，我对海子是只知其名而并不熟悉他的诗作，似乎是那时候我感觉到自己已辞别了痴迷于诗、钟情于诗的年华，便不再写诗、不再读诗了。所以当海子风尘仆仆敲开我办公室的门时，我立刻意识到有种生疏的东西在我们之间停顿了片刻。

我记得，那个夏日的早晨阳光非常明媚，我的办公室因无法接纳早晨的阳光显得黯然单调，但这并没有影响海子迅速膨胀起来的诗情。话题很快由拉萨见闻转向了诗歌创作，主要是他后来完成的那部有名的诗剧《弑》的整体构思。说句真话，我当时被年轻瘦小的海子那颗大脑里喷涌而出的惊人智慧与诗歌意象，从未有过地撼动了。那一瞬，我便认定海子是个天才，他为诗歌出世，为诗歌生存，他对中国新诗的创举实在是个奇迹。

在滚动的诗情平息过后，海子给我们《青海湖》留下了几首途中写的短诗，匆匆道别。其实，海子在西宁短暂停留，并费力找到我们编辑部，重要的还不是为诗——从拉萨归来，他已是囊中空空、身无分文，无法继续回京的路程。此时，海子面露难色又带些稚气的脸上，与方才沉入诗境中的生动，简直判若两人。我当然愿意帮助这位遇到难处的诗人，只是我毫无准备。同室的另一编辑见状立刻拿出了回北京的费用，海子留下地址，让我们去北京一定找他，我点点头。

我们送海子到通往火车站的公共汽车上，车上人很多，海子还是挤到了车的尾端，他用力支撑着被挤斜的身体向我们挥手，那一刻，我无论如何也想不到，不久以后会有一个哀痛的消息传来。

第二年，也就是 1988 年，我去了北京。可我终于没能走进海子供职的那所大学，原因极其简单，我身体里孕育了一个新的生命，不想这个样子去见海子，甚至谈诗。我想在往后久长的日子里，对一个开始关注海子诗作的人来说，见面不难。

那个哀痛的消息重重砸在我的心底后，1989 年岁末，我又去了北京。那一年，北京下了场大雪，厚厚的积雪覆盖了北京城里每一栋建筑和每一条街道，很多天都不曾消融。我乘车去了远郊的昌平，下车后就在那个白色迷蒙的世界里呆立了很久，我呼吸着海子曾生活过的地方清冷的空气，心里也是白茫茫一片。我不知道自己为什么要来到这里，又为什么站在这久久沉默，我仅仅清楚自己把一个透凉的遗憾永远留在了这儿。这种触及心肺的痛感，是我在以后每一次读到海子遗下的诗句时都无法逃脱的。我手中有本海子不算厚的诗集《土地》，我珍视它。在许许多多怀念海子的人对海子在中国诗歌史上的贡献反复评价后，我不再想说什么了。

有一天，我突然对我一个朋友提起海子，讲述了他的才华他的诗，我看见我的朋友在听完这个故事后仅留下一声同情的叹息，而对海子生命中迸射出的一片辉煌，一无所知且无动于衷，我脸上不觉挂了点惨然。事后，我才意识到自己实在愚蠢，假如每一个人都知道海子并能读懂他的诗，那海子便不复存在了。

作家史铁生在他的一篇散文中说："死是一件不必急于求成的事，死是一个必然会降临的节日。"是的，不管海子当初心里所承载的内容是什么，他还是太早地扑向了那个节日，他的全部生命岁月加起来，只有短短的 25 年。但这个 25 岁的年轻诗人，如果知道自己短暂的生命所释放出的艺术魅力，会使那么多人在他身边久久驻足且一往情深，我想，他在那个世界里一定倍感宽慰、一定不会孤寂。

另一座高原

青藏高原与云贵高原间的路途并不通达。无论天上地下，都需要一个停顿的拐点。从西宁乘火车去贵州，不同方向的拐点分别是成都、重庆、西安、郑州。我首选了重庆。原因除了这条线路最为快捷外，重庆还是我久违的城市。20 多年前的大学暑假，我外出旅游途经重庆。被烈日高温包裹的城市，四处弥漫着的浓重的饭馊味仍一直停留在我的记忆深处。而眼下，嘉陵江两岸气派的高大楼宇早已向我暗示，这座城市的某些事物一去不返并脱胎换骨。

铜仁是我抵达贵州的第一个停泊地。在此之前，它完全搁浅在我的视野之外。对于整个贵州，铜仁是个地区，它包括一个县级市和若干个县，我要前往的沿河县也归属其中。铜仁的人口在 400 万左右，已接近青海全省的总人口数。列车驶过铜仁时，夜色已浓，车上稀稀落落下来几位旅客。在出站口，前来接站的朋友正伸长脖子向黑暗中张望。

我在铜仁清凉的早晨醒来。从窗帘缝隙挤进的光亮，可以判定天空铅灰的颜色。和大多的县城相似，铜仁的街道并没有特别的景致。似乎是为了弥补这一缺憾，铜仁的朋友就说：去梵净山吧！我曾在多篇文章中读到和梵净山有关的文字，总有种慧风扑面的感觉。没想到它离铜仁不远，只有百余公里。但此时已是深秋时节，山顶已经落雪。衣衫单薄的我最终还是在犹豫中与它擦肩而过。

从铜仁到沿河县城，两百余公里并不算远，可换成山路则完全不同。盘绕在连绵无尽崇山间的公路，险峻曲折，汽车无法畅快奔驰。而在青海的大地上行走，常常也会翻山越岭，但翻越之后眼前就会展现出宽阔的草原或无际的戈壁。在它们的身体上，一条银龙般的公路笔直伸向天的深处。那种博大与辽远和这里形成了巨大反差。汽车在山路上盘旋了没多久，我便头晕目眩，肠胃翻滚，抬眼望去，目光所及除了山还是山。在贵州，哪怕巴掌大小的一块平坦的土地，都弥足珍贵，如同我们大戈壁上生长的一棵树。只要有一块平地就肯定会出现乡镇或村落。一些零散的民居，干脆就依山而筑。所以这些被大山围拢住的人们，目光深受局囿，我不知道这样的局囿是否会让他们产生孤独感。但在我们那儿的大草原上，人烟稀少，世界空旷，孤独正是生活在那的人们需要战胜的最大敌人。大自然的先天缺憾，赐予了我们两座高原彼此间诸多的相似。

沿河县城确实名副其实，不过这条叫乌江的河，据说是因江边生长了许多乌杨树而得名。乌杨树神似我们荒漠中的胡杨树，都有着上千年的生命力，始终被人们所敬畏。沿河县城依山临江，因此夹在山与江之间的县城狭窄细长，没有纵深。城中最窄的部分汽车只能单向行驶，拥挤得连空气仿佛都凝滞了。随着人口密度加大，县城渐渐扩展到了江的对面。一间间新的店铺和住房顺江矗立。夜晚两岸灯火遥相呼应，颇有诗意。为了扩大建房空间，一些地段不惜代价挖山辟地，让人联想起毛泽东笔下的愚公。川流不息的江面上，一座颇有气势的大桥已经贯通南北。

在没有桥和公路的年代，乌江是沿河人唯一出行的道路，他们坐在船体单薄的木船上，面对布满险滩与暗礁的江水，目光深藏对路途的担忧。如今在乌江两岸的峭壁上，当年纤夫留下的痕迹依然清晰可见。那些赤裸着上身，背负沉重的纤绳在纤道上艰难前行的背影虽然消逝在了时光深处，却并没有被后人所忘怀，伴随着那曲激昂的《乌江船工号子》，2009 年，他们的形象以舞蹈的姿态再现在了央视的舞台上。

这只船儿过陡滩呀，头打湿来尾巴干呀，听我把号子喊一段哪，号子催船上陡滩呀。

哟哟嗬 ……

乌江很长，大约有千余公里。但近些年乌江上陆续出现的若干个水电站，在创造巨大财富的同时，也篡改了乌江险峻的历史容貌。目前沿河辖内依然行船，一些当地人出门，还是习惯选择水路。如今那个曾在激流中飘摇的小木船，早已换成钢铁结构的大家伙，结实、平稳，在电站蓄水后平缓的江面上快乐地航行。在沿河县码头上，还停泊着漂亮的游艇。也许是路途偏远所致，它在全国争香斗艳的众多景点中，显得有些落落寡合。

现在，我就站在这个客货两用机动船的甲板上，顺流而下的船速度很快，风顺势就在江面上飞扬起来，阳光突然打开几天来阴郁的云层，慷慨地在江面上撒下一层碎金。我不曾游过三峡，千百年来那些文人墨客抒写三峡瑰丽风光的经典诗句开始鼓荡我的心扉。当然，“两岸猿声啼不住，轻舟已过万重山”的意境现在就是到了三峡也无处可寻，但乌江两岸千姿百态的山形树影还是让我的想象变得丰润妖娆。

和其他江水不同的是，乌江镌刻了鲜亮的历史记忆，从而变得意义非凡。面对乌江，你不能不想起中国工农红军留在这里的英雄史诗。他们的故事后来在一部叫《突破乌江》的电影里得到重新演绎。在沿河县城那座小广场，一组红军雕塑格外醒目，提示后辈一刻也不要忘记历史。我们没有到达当年红军划着竹筏顶着枪炮登岸的那个渡口。听说那里也建起了电站，那就意味着蓄水后一切将不复存在。

此刻，缓缓东逝的江水又牵引我的目光穿越千年时空，同样是乌江，离此地却相距遥远。英雄末路面对江水仰天长叹，旋即，一道寒光闪过，天空绽放出鲜红的花朵。一具沾满泥土和血迹的身躯重重倒下，曾经桀骜盖世的目光望着彼岸，那个他永远无法回归的故乡。这曲堪称中国京剧精粹的《霸王别姬》，每一次观赏都会让我的眼眶发热。其实，我的泪水是为虞姬而洒。她与项王诀别时那妙曼的舞姿和凄婉的歌声，常常令我的心尖战抖。无论后人怎样谈论虞姬的死因，我永远相信，这位项王生命中的红颜，她的生与死，都只为了一个“爱”字，这是一个女人的宿命。

青海天亮得迟缓，人们不习惯早起。凌晨 5 点，正是我的梦酣时分。我住在沿河县城中心的一家宾馆，因为街面狭窄，一声声介于云南与四川的方言便开始强行挤进我的睡梦。随后，各种车辆的鸣笛声，小学校的高音喇叭，依次奏响了小城一天的生活。在宾馆楼下的小吃摊，一种用糯米做的菜团子松软白滑，非常好吃。这儿的人以米食为主，各种小吃几乎都用米粉加工。而青海的主食是面，用面粉翻新的花样总让外地人眼花缭乱。在很多高海拔地区，因为寒冷缺氧，只能生长青稞。用青稞磨出的糌粑（炒面），加上奶和肉，维持着当地牧人四季的生活。就是这样简陋的食物，却催化出他们结实的筋骨和健壮的身躯。从表层上看，不同的土质，培植了两座高原人各异的体貌、方言及民俗。但慢慢相处，你会发现，他们其实一样的好客豪爽，一样的敦厚善良，甚至连眷恋故土，因循保守，喜欢扎堆、聚会和悠闲的生活节奏，某些时候有点自卑、某些时候又容易知足等都是惊人的相似。

最后说说沿河县的刘照进。坦诚而言，在认识他之前，我并不知道乌江边上竟有一位能写出如此灵秀文字的土家族作家，并且他还主编一本叫《乌江》的文学刊物。在我经常阅读的作家名录上，贵州是被我忽略的一个位置，就像很多的读者会忽略青海一样。因为我们两个省份很多年里在全国叫响的作家几乎一只手便能数过来，但我们并没有因此放慢自己追随文学的脚步。为了证实这一点，那天刘照进还特地召集来沿河县的文学爱好者并捧来一厚沓他们的作品摆在我面前。透过纸上深情的文字和围拢在桌边这些虔诚的面孔，我恍若又闻到了草原的芬芳。

刘照进和他的爱人小王一直送我到了遵义，我们就在这座红色的城市相拥而别。就在跨上车门的那个片刻，我已是泪流满面。这样的情形很多年都不曾出现，我知道，这一定是先祖传递给我们两座高原的另一个密码。

却藏寺：匠心独运的宗教建筑

每天早晨，只要天气晴朗，却藏滩的村民都会看到，阳光先将怀抱着却藏滩的两座山峦的顶尖照亮，再一点点地向四周晕染。当却藏寺千佛殿上的金色法轮开始熠熠生辉时，整个却藏滩便从朦胧的睡梦中清醒了。

晨风微醺，令人神清气爽。站在却藏寺前空旷的草地上，你会发现却藏寺背依的那座被青松点缀的郁郁葱葱的山峦，确有不凡的气势。寺里的僧人说：右边的山像静卧的盘龙，左边的山若凤凰展翅。而远处神似青狮白象的两座山，更如同天然屏障护佑着却藏寺。青藏大地上，星罗棋布的藏传佛教寺院都会在神灵的启示下坐落在风景秀美的吉祥宝地。青狮、白象这

每天早晨，只要天气晴朗，却藏滩的村民都会看到，阳光先将怀抱着却藏滩的两座山峦的顶尖照亮，再一点点地向四周晕染。当却藏寺千佛殿上的金色法轮开始熠熠生辉时，整个却藏滩便从朦胧的睡梦中清醒了。

些极具藏传佛教象征意义的符号，是出自佛教徒们对神的敬意，也赐予了我们梦幻般的神话。

在青海东部，却藏寺是湟水河北岸的互助县重要的格鲁派寺院。据说在数百年前，寂静的却藏滩上响起悠悠的梵音时，人们看到的还只是一顶帐房寺院。大约到了清顺治六年（1649年），却藏寺才正式出现在人们的视野里。不过命运多舛的却藏寺在漫长的岁月中规模渐渐扩大的同时，也历经了一次次的劫难。而每一次劫难都像是一个巨大的伤口，不但使却藏寺面目全非，也把疼痛永远地留在了信众们的心上。

翻阅却藏寺厚厚的历史，可以看到它曾经辉煌的篇章。那是在清朝道光十年（1830），道光皇帝特许重建千佛寺，并施与了建寺的主要资金。很快，络绎不绝的驼队从远方驮来了优质的建材，浩大的工程云集了四方的能工巧匠。说不清是多少个日月星辰的轮回，终于，一座金光闪烁、气势庄严的大殿拔地而起。人们用惊叹的目光迎接着这座精美绝伦的建筑。作为却藏寺的核心建筑，千佛寺在延续藏式传统建筑风格的同时，也融入了诸多汉族建筑元素。汉式歇山的屋顶优美华丽，能使柔和的光线自然地播撒到诵经大堂。同时，屋顶外层全部用镏金的铜瓦铺就，并在屋脊装饰6条镀金的大小金龙，其中的大金龙重达 400 余斤，再加上殿顶中央的金制宝瓶，仅黄金就用去了 3000 余两。灿烂的阳光下,金龙栩栩如生,金顶辉煌夺目。大殿主体外墙坚固厚重，收分明显。饰以红、黄、花三色为主的彩绘，分别代表藏传佛教的宁玛、格鲁和萨迦等教派。在千佛寺周围，环绕装有铜制经轮的长廊，每天清晨和黄昏，400 余个经轮在信徒们的手中逐一转动，仿佛一条“哗哗”流淌的金色河流。所以有建筑专家这样评介：“藏式建筑的一个特色，是利用自身的色彩变化将整个建筑群体从环境相对单调的背景中剥离出来，实际上是巧妙地应用了反差强烈的对比色，同时这些色彩的应用有其深厚的历史文化渊源。”

千佛殿内部更是一个色彩斑斓的世界，极其珍贵的佛像、法器、壁画琳琅满目。殿内供奉的高达八尺的镀金释迦牟尼佛像，完全按照拉萨大昭寺仿制。头冠用三百多两黄金和大量名贵宝石制成，胸部护心镜上镶有 7 颗珍珠和珊瑚、玛瑙串成的念珠。佛堂内陈列着高一尺五寸的铜质镀金如来佛像 1005 尊，故称千佛殿。除此之外，却藏寺还建有大经堂 72 间，拉木桑佛堂 15 间，通天四柱经堂 42 间，宣康佛宫 17 间。以及其他小经堂、囊欠、僧舍等 310 处。整个建筑群由点及面，鳞次栉比，空间层次十分丰富。

却藏寺另一个独特之处是远近闻名的九龙壁，同样得到了清帝的特许。据说在全国佛教寺院中，得到皇帝特许建九龙壁的唯有却藏寺。这样一处珍贵的历史遗存却在“文革”期间遭到了彻底毁坏。我见过的全国仅存的九龙壁目前是在山西大同、北京的故宫和北海。特别是大同九龙壁，晨光中光芒耀眼，犹如真龙游动，非常壮观。如今站在却藏寺九龙壁的旧址前，想象在那个久远的时光里，矗立在这山野间的九龙壁，想必也是一样的耀眼生辉。

遗憾的是，却藏寺在鼎盛时期的绚丽华彩已成为纸页上的记忆，落入我们视野中的只有留存下来的千佛殿、却藏囊和章嘉囊。千佛殿在蹉跎岁月中磨砺的骨架，经过多次修复，现在主体外墙的装饰色以红色为主，这是深含藏传佛教宗教寓意的专用色。墙体上方采用藏式鞭麻墙对称装饰，形成强烈的视觉效果。而那曾以镏金铜瓦覆盖的歇山式金顶和屋脊装饰的六条金龙，也换成了银灰色铁皮和铜制的法轮双鹿、法幢和宝瓶。

却藏囊基本上完整地保存下来了，现在匠人们正在精心地修复。占地约3400平方米的却藏囊分前后两院,建筑轴线分明，左右分布均衡对称。主体建筑经堂大殿为两层楼阁式歇山顶，面阔五间，进深三间，五架七檩，大木结构。中国传统建筑主要是木质结构，因此建筑装饰艺术发展很快。特别是明清建筑，装饰艺术已十分精致。其风格端庄敦厚，自然严谨。而却藏囊正是巧妙地把汉、藏民族建筑艺术融合在了一起。刚刚踏进却藏囊的山门，我感觉像进入了汉族庭院，那些镌刻在窗棂、门楣、雀替上的生动木雕，无不渗透着中国传统建筑装饰的美感与风格。修复过的木结构建筑呈现木质本色，不过从留存下来为数不多的雀替和大门上，还能依稀看出那曾经纷繁的色彩。按照藏传佛教寺院的建筑特征，我猜想也许不久之后，那些格鲁派的标志色彩和装饰在柱、梁、檩、椽、雀替等木构件上的建筑彩绘，又会重新在高原的蓝天白云下，闪烁出五彩斑斓的吉祥。

却藏囊西边的位置上坐落的是章嘉囊，同样的二层楼阁和对称的东西二厢房和却藏囊有相似之处。不过章嘉囊吸引我的是它保存完好的两段长达 10 米的藏式鞭麻墙。鞭麻是青藏高原常见的一种野生灌木。筑建鞭麻墙的方法是将砍下的灌木枝扎成小捆，泡进赭红色的染液里给其上色，然后用铡刀剁齐，将根部朝向墙外的一端，中间用垂直的木棍将鞭麻固定在墙体中，最后将做好的外墙面用木锤拍齐。使毛毛糙糙的鞭麻墙看上去充满质感和力度。我在布达拉宫和塔尔寺都见过鞭麻墙，可以说是青藏高原藏式建筑独有的特色。

在却藏寺的另一个院落，刚刚落成的宗喀巴千佛寺流光溢彩。也是采用汉式歇山的屋顶。主体建筑为木质结构与柱式相结合，体现了藏传佛教建筑庄重沉稳的建筑风格。宗喀巴千佛寺面积并不算大，但它的雕梁画栋无不展示出藏式建筑装饰工艺的神韵，立柱、梁、椽上都被绘上了吉祥符号。在翘起的屋檐下，我还看见了饰以彩绘的斗拱。作为中国古建筑的独特构件，斗拱可以说是中国古建筑最美的音符，难怪中国建筑学会的会徽就是斗拱。我曾在故宫和布达拉宫长时间地凝视那柱梁上的斗拱，它的繁复华丽和变幻莫测令我震撼，同时斗拱一生默默承受重压的品质也令我肃然起敬。殿内供奉着宗喀巴大师的镀金塑像，高大的塑像需要我们仰视才能看见他慈悲的目光。镏金和镶嵌的无数颗宝石光彩夺目，即使在黑暗中，也能让我们感受到来自大师的光芒。

在却藏滩的青山绿草间，却藏寺的绛红色格外醒目。曾经由众多殿宇、经堂、佛塔、僧舍组合出的颇具规模的建筑群，现在只遗留下大片长满了青草的空地。不过，历史的原貌总能复活我们的想象，尽管隔着厚厚的时光幕布，面对正在努力修复的却藏寺，我们依然能够触摸到它从岁月深处传递出的温度。

深埋在老城墙里的岁月

天气渐冷的时候，离我家不远的北门坡口突然堆积了些建筑材料，高大的广告牌上这样解释：这里将在 2008 年 7 月前，矗立起一座明代的城门楼，也就是说，将复原这座城市 600 年前的北门城楼。

北门城楼在明代万历年间叫“拱辰门”，是这座城市的四城门之一。拱圆形的城门上方,横一精致匾额,上题“澄波献瑞”四个大字。城门楼两侧，用石块砌成 30 余米长的斜坡，斜坡后方，向东西两边延伸的，则是高 17 米、宽 17 米、周长 4.5 公里的坚固城墙。站在高高的拱辰门上，缓缓流动的湟水河近在眼前，成为北城门外一条天然的护城屏障。可以想象，由飞檐高耸的城门楼，石面斜坡，高大城墙和泥黄色的湟水河组合成的图景，曾经是多么的威风凛凛！然而，数百年岁月流逝，城墙内外的人和物均不复存在，唯有这条湟水河，依然川流不息，依然坚定不移地与这座城市融为一体。

我对那个时代的老城充满好奇，为此我从网上搜索出它旧貌的几张图片，从那些木制建筑和低矮的街道，我已无法辨认出这座城市的蛛丝马迹。奇怪的是，照片上戴着小帽，留着辫子的男人，其相貌竟与今天这座城市的土著别无二致。一方水土养一方人，在这个世界上，也许只有血脉的延续呈现出深不可测的秘密。如今，北门城楼在城市的变迁中早已荡然无存，只留下零星的城墙碎片，裸露出城市沧桑的岁月年轮。

很多年前，我随父母从郊区一个工厂迁进城内，居住的楼房恰在一段城墙的残垣下。在遥远的明代，这里是著名的“香水园”，闲客云集，品茶弹唱，好不热闹。“香水园”里有一泉眼，至今仍在我父母居住的小院里汩汩流淌。那时仅有十多岁的我，哪里会品味古城墙的意义，只觉得窗外粗糙的土墙很是难看。果然新楼盖好不久，城墙就被石块砌成的护坡遮挡了面目。

依偎着这段老城墙，我度过了中学到大学的时光，那时老城墙沉默的目光，尚未与我年轻的明眸久久对视，后来，我参加了工作，再后来，我供职的单位分给我一套新的住房。巧的是，我非但没有离开老城墙，还住在了老城墙上——这是北门城楼向西残存的最后一段城墙，单位家属院在十分有限的面积里盖起了两栋小楼后，就再也没有剩余的地方。于是，紧贴着家属院的城墙又被残忍地切去一块，我居住的小楼就这样在老城墙坚硬的脊背上艰难立起。

被切割后的城墙断茬正对我厨房的窗户。清晨，阳光总是将它裹满后才会施舍到我的窗前；夜晚，它巨大的身躯蛰伏在清冷的月光下，散发出古老神秘的气息。很多时候，我会静静地注视着它，甚至忍不住伸出手去抚摸被岁月淬硬了的泥土，我用指甲抠下一小块，仔细辨认它的成分，看看是不是也像春秋时期楚国人伍子胥在苏州城建的城墙，据说三尺以下的城砖全部用糯米粉蒸煮后强压而成，这些能吃的城砖后来果然救了被困的苏州城饥民一命。当然，在这里我不可能找到糯米砖。有资料记载，这城墙在明代重建的时候，外用大青砖包砌，被当地人称为“砖包墙”。现在，青砖的身影已无处可寻，里面的土石也被大风和雨雪剥蚀掉不少，但作为那个时代城市的见证，还幸运地残留下这一点，让数百年后出生的我们还能跨越巨大的时空触摸到它们，真实并清晰可见，而筑建城墙的生命早已灰飞烟灭。

与城墙相邻，我常常会想起一切与城墙有关的事情。当然想得最多的是古都北京。那雄伟的城墙和城楼在我心里被无数遍地想象和描摹过。尽管我降临人世的时候，它们已被拆除得所剩无几，但这丝毫也不影响它们在我心目中无可比拟的分量。除了我的故乡，我生长的高原，北京是唯一与我血脉相连的城市。更重要的是，因为有了威严的城墙和城楼，加上城墙内完美的中轴线和精致的建筑，古都北京的美令人震撼。可惜这座被和平解放了的北京城，在新中国成立后没几年，就开始了拆除城墙的行动。直到今天，我似乎仍能听到著名建筑学家梁思成痛心疾首的声音："这个城墙由于劳动的创造，它的工程表现出伟大的集体创造与成功的力量。这环绕北京的城墙，主要虽为防御而设，但从艺术的观点看来，它是一件气魄雄伟，精神壮丽的杰作。它的朴实无华的结构，单纯壮硕的体形，反映出为解决某种需要，经由劳动的血汗，劳动的精神与实力，人民集体所成功的技术上的创造，它不只是一堆平凡叠积的砖堆，它是举世无匹的大胆的建筑纪念物，磊拓嵯峨，意味深厚的艺术创造，无论是它壮硕的品质，或是它轩昂的外像，或是那样历尽风雨甘辛，同北京人民共甘苦的象征意味，总都要引起后人复杂的情感的。

苏联的斯莫冷斯克的城墙，周围七公里，被称为‘俄罗斯的颈环’，大战中受了损害，苏联人民百般爱护地把它修复。北京的城墙无疑也可当‘中国的颈环’的尊号而无愧。它是我们的国宝，也是世界人类的文物遗迹，我们继承了这样珍贵的一件历史遗产，我们岂可随便把它毁掉！”但这个诠释城墙精神内涵与历史价值的声音在那个强大的力量面前节节败退，越来越弱小，最终被淹没在拆除城墙的起重机和大吊车巨大的轰鸣中。而他所构想的“保护古都原貌，将行政中心迁至外城”的美好愿望，也止步于他反复精心设计的蓝图上。

北京的城墙先后断断续续，用了十余年的时间基本拆除完了，那些与城墙融为一体的城楼也随之消失。西直门、崇文门、右安门、安定门等如今都变成了空洞的名词或车站的站名。失去了高大巍峨的城墙和城楼的北京让我们感到陌生和恍惚，继而是梁思成般彻骨的痛楚。在那个“喜新厌旧”的年代，梁思成和陈占祥为北京市区建设规划的“梁陈”方案，注定了夭折的命运。于是，大批方盒子式的楼房，以及后来更新潮的建筑涌进内城，而被包围在水泥丛林中的明清建筑珍宝却愈发显得孤单并忧心忡忡。

我多次凝视过古都北京的照片，那威严的城墙和城楼总是令我肃然起敬。现在，这个作为城市轮廓的标志永远消失了，只余下一条贯穿南北的中轴线向我们艰难地复述曾经美丽绝伦的都城。而那些贪婪的开发商们，还在一口一口地吞食着越来越少的胡同、四合院，甚至名人故居。那么，再过若干年，人们该怎样去寻找古都的踪影呢？一座城市是需要记忆的，是需要历史符号的。我生活的这座高原古城，虽然没有帝王建都的记载，但也有上千年的历史，曾在西北占据着十分重要的地理位置。北门城楼的重建，正是我的城市想复活那些离我们渐行渐远的记忆。在当今复活城市记忆的各种行动里，只有城墙沉默无语，无论再经过千年万年的风雨，无论人们采用何种的态度对它。也只有城墙再也不可能重建，它的身体里深埋了太多的岁月，而岁月如同生命，将永远无法复制。

小朋友们

他们几个,都是我年幼时的同学。做完同学,就再不曾见过。但很多的事,却被细密地缝缀进岁月深处,一旦吹来记忆的风,一切又近在眼前……

牛生海

牛生海是我入学后第一批同学中的一个,那年我只有 6 岁,父母忙于革命工作就迫不及待送我进了学校。不过我的学习不成问题,入学前已熟读了哥哥的一年级课本,并认识了上面所有的字。结果第一次考试我就轻松拿下班上头名,立刻被班主任委任为学习委员。我当了学习委员后，第一项任务就是帮助牛生海，他的确需要帮助，他的考试成绩是立着的“鸭蛋”。

其实，牛生海考卷上一片空白一点也不奇怪，因为他脑子里就是大片空白。他脑壳很大，几乎超出其他孩子半个，医学上称之为“脑积水”。它严重阻碍了牛生海智力上升的速度，可怜他白白扛着沉重的脑袋，却什么字儿也搁不进去。

由于父亲的工作，我不得不在城郊的一所学校读书。我家与学校的距离大约有 1.5 公里，如果想抄近道，可以穿过一片麦田，再翻过一条铁路——这是我喜欢的路线，这样就能避开公路上飞扬的尘土。学校对面是个屠宰厂，专门杀猪。每天我们在校园里都能听到一些猪垂死挣扎时绝望的号叫。上学路上，也不时看到一辆大卡车满载壮实的猪，向它们的断头台行进。学校与屠宰厂之间相隔一条水沟，流淌着孱弱又不够清爽的水。常有人蹲在沟边涮洗猪头或猪下水。在那个猪肉凭票供应，清汤寡水的年代，只有极少数人才有如此能耐买到它们，所以蹲在沟边的人多少有些炫耀。

我始终搞不明白牛生海为何沉迷于那些丑陋的猪头，只要沟边有人忙活，他就会忘记上课的事。有几次我们放学了，看见他还傻站在沟边，奇怪的是，他的目光所及之处，却连猪尾巴的影子也没有了。牛生海因此得到了一个难听的绰号：“猪头”。

牛生海和我同桌，尽管我心里有一万个不愿意，也不敢违拗老师的意志。帮助牛生海学习成了我的责任。牛生海写字很慢，任意搭配各种笔画，每次抄写家庭作业他还没有抄完一行字，值日生早把黑板擦净了，我只好再抄一遍给他。牛生海脑袋里的“水”，还影响到他吐字的清晰。一些字词在他的喉咙里艰难地挣扎着，然后被挤压变了形再溜出来，带给我们一阵哄笑。可牛生海笑得总不适时，当老师讲一个相对严肃的问题时，他却莫名其妙笑起来，堆积在舌根的哈喇子这时候就顺势沿嘴角一长串滴落下来，在课本上洇成一摊。我赶紧别过脸，不再搭理他。

牛生海的进步就像拖拽着重车上坡的老牛一样缓慢吃力，我甚至牺牲了下课出去“跳皮筋儿”的时间帮助他，可老师还看着我说：再加把劲儿。最后我只好连放学路上的时间也搭了进去，牛生海住的工厂就在我家附近，我们同路。我教他背字，背课文，指着电线杆和树教他简单的加法。我竭尽全力的结果是，学期结束考试，牛生海在语文和算术两枚站立的“鸭蛋”前分别加上了“1”和“2”，被老师表扬了的牛生海那天放学突然替我背上了书包。

新学期开始后，牛生海没有来，班主任说他随父母的工厂迁走了。那个工厂生产石棉，我当时并不知道石棉是什么东西，只是奇怪工厂周围的土地覆盖了一层淡绿色的粉末，让麦苗和树叶都枯萎了。所以牛生海不得不跟随它去一个更偏远、人烟更稀少的地方。

牛生海走后的第二年春天，我们上学路上那些被石棉粉尘久久窒息的麦苗和树叶，重新复苏出鲜嫩的绿色。身边没有了那个扛着大脑袋的牛生海，我深深吸了一口不含粉尘的空气，如释重负。

这并不能证明我会忘记牛生海。

雨佳

大约小学四年级，班上转来一名新生，她的出现使所有女生迅速黯淡了下去。我们闪烁出一丝妒意的眼睛，久久盯着她那白皙的皮肤和搭配精致的脸蛋。这个从上海来的小姑娘还有一个好听的名字：雨佳。

离我们十分遥远的上海在我想象中非常的高级和洋气，虽然它与我生活的省份只有一字之差。可父亲出差去上海带回来的鸡蛋挂面、玻璃纸奶糖，还有绣小花的衬衣都是我们这里见不到的。雨佳因此在我心目中也高级起来。

我那时还兼任班上的文艺委员，除了喜欢，还取决于一点舞蹈天赋。我们的节目全部由我自编自导还能连年获奖。小学毕业时我被市少年宫舞蹈队选中，但母亲不同意我去。母亲的固执和偏见十分轻易地改变了我生命的轨迹，为此我大哭一场。现在想来，母亲也许是对的。

跳舞使我和雨佳很快成了好友，我可以为我的节目挑选演员。漂亮又擅长舞蹈的雨佳当然是我的首选，而别人并不能出演每一个节目。雨佳因此不经意间就会流露出一点得意，它立刻点燃了部分同学埋藏着的妒火，结果雨佳受到了冷落。

学校负责文艺演出的是一位年轻的男老师，很会化妆，但每次演出前我们总轮不到他给我们描眉画眼，雨佳却能。我看着被他精心修饰过的雨佳楚楚动人地站在舞台上，心里瞬间掠过一种奇怪的滋味。

20 世纪 70 年代初，高考还尚未站在升学路上等候我们，我们也从未认真考虑过将来毕业后去干什么。除了热衷跳舞，入团是我们心中至高无上的目标。我刚够年龄，就幸运地被那个光荣的组织吸收并名正言顺地做了团支部委员。

我们支部五人的权力是考验那些在我们之后想入团的同学，当然雨佳也是其中之一。但那年雨佳不够走运，连续两次都没能通过“考验”。支部里只有团支书是男生,他绝对会投“班花”雨佳一票，再加上我。可我们却因要服从多数人的意愿败下阵来。

新学期里，形势突然朝着对雨佳有利的方向倾斜过去。5个支委，男生变成了两个。受着女生嫉妒的雨佳或许也意识到了这种转机。“五四”青年节发展新团员前夕，雨佳送给我一件礼物,是可以翻到棉袄罩衣外面的“假”领子。酒红色的确良，镶了一圈狗牙形的纯白花边。这在那个服装晦暗的年代，在我的眼中无疑是件艺术品。我太喜欢这个洋气的礼物了。

团支部开会前，那两个做委员的女生特意叮嘱我：别同意雨佳，瞧她那样傲气。果然，在表决雨佳入团时，两位男生毫不犹豫举起了手，而我终于成了能决定雨佳入团命运的人。

我在她俩目光逼视下显得十分慌乱，最糟糕的是，那一瞬间我完全忘记了酒红色所洋溢出的温情光泽，眼前闪动的是英俊的男老师手捏眉笔在雨佳脸上精雕细刻，我那只决定命运的右手突然就停止了上举的力量……

那团酒红色从此被我埋进衣箱，再也没有闪耀在我的衣领上。

燕子

一段时间里，燕子是我的同桌，帮助同桌依然是我不可推卸的责任。我帮助燕子的方法非常简单，就是每次考试设法让她照抄我的考卷。因为燕子没有时间学习或者有时间也不学习。她是家里的长女，父母在她出生后又不停歇地带给她5个弟弟妹妹。她自己还没有长大，就已经承担了差不多一半的家务。她太累，就不愿意再想学习这样累脑子的事。

燕子家就在我家的楼旁边，相距不过20米，不上学的时候，我就去她家玩。她手里总有干不完的活儿，不容易出来。我看着她把一大团面变成热乎乎的馒头，再把一大堆面粉变成一团面。一锅馒头，只够她家8张嘴吃一天，蒸馒头于是就成了她每天必需的劳作。

我常看见她握课本的手背和指甲上，黏满干硬的面垢。进入冬天，手背上的杂质越积越厚，就皴成一道道裂口。和面的时候，手一用劲，血就不停从裂缝洇出来，我便惊呼：你的手流血了。她停下动作，不以为然地揪下一团面，沾净血迹。在我惊诧的目光下，把带血的面又揉了进去。

她家里难得有馒头以外的吃食，偶尔买一点，也被她母亲严严实实锁进柜中。有一回，她母亲一时疏忽，忘记了给一罐红糖上锁，被弟弟妹妹瞬间吃光，代价却是她挨了一顿揍。

有一年里，女孩子们痴迷于吹泡泡糖。那个产自上海的白色薄片儿，是我们生活中最早出现的新鲜玩意儿。女孩子们的双唇间不时地鼓出白色小气球，颇为得意。母亲看我喜欢，特意托人从上海捎来一大盒，内装 300 支。我分了几支给燕子，她立刻给了弟弟妹妹。但有天我看见她双唇蠕动并费力吐出一个小白泡，就奇怪地问她从哪买的？她诡秘一笑说，放学到她家就知道了。

她舀出半碗面和成面团，然后放到冷水里一遍遍清洗，直到洗去粉质，剩下面筋。她把那团被手指蹂躏得黑乎乎的小面疙瘩放进嘴里，不一会儿就吐出几个虚弱的小泡泡。几天后，她脸上却出现了大块青紫，原来她制造泡泡糖的法子被她的弟弟妹妹们效仿，面缸里的面粉随之迅速减少，终于点燃了父亲的怒火。

我又塞给她几支上海泡泡糖，被她坚决拒绝了。

我们住的工厂周围是大片的麦田和菜地，收获的季节正值暑假。我跟随燕子去地里拾麦穗，还有挖出留在泥土里的大头菜根和甜菜根。燕子脚步轻快地在田地里来回奔跑，全身裹满了夏日明亮的阳光，她小脸蛋红扑扑的，绽放出课堂和家里从没有过的舒畅。我们满载而归，她把大头菜根去皮切细丝腌成咸菜，甜菜根与土豆煮在一锅，土豆便有了甜丝丝的味儿。我带了一点回家，却怎么也吃不出在她家里那般的香甜了。

初中还没有读完，燕子就报名去了“广阔天地”。她差不多是 20 世纪 70 年代末中国最后一批上山下乡的知识青年。其实她去的那个乡村距我们不到一百公里，以产土豆著名。我极少见她回家，能见到她的时候只有春节。她变化很大，个头没见长，身体却宽出一倍。我问她怎么变得这样胖？吃土豆吃得呗，再说每天只有劳动这一样事，没有了学习和挨打的压力，岂能不胖。农村真好，她最后说。

那场上山下乡运动结束后，燕子又回到了城里。我不知道离开了土豆和土地的燕子，还会不会继续发胖和快乐。

小武

在我所有小学同学中，小武是唯一不会被岁月模糊的人。无论远去的岁月离我们今天多么久长，我都能不毫犹豫地从人群中一眼挑出他来。

说出来不觉对他有些愧疚。我能认出他依靠的并不是同学间恒久的友谊，而是他身体上的一点残疾。那是他年幼时患过的小儿麻痹症所致，使他行走时双腿略微向里用力，身体也随之摇晃。但因为对称与均衡，让人并不觉得他行走的动作有什么难看。至少在我和他同学的那段时光中，亲眼见证了他腿上的残疾并没有影响他的成长和快乐。

上小学的小武眉清目秀，聪慧用功，深得我们班主任的怜爱，很快就成了副班长。我们同为班干部，常在一起协作管理班级，自然就要好起来。他和另一位叫王辉的男生每天来家里叫我上学，他俩总是站在那等我迅速吞咽掉最后一口早饭。对他俩的频繁出现，我家的猫满怀妒意。经过一段时间观察后，它决定对浓眉大眼的王辉实施报复。那天它突然扑过去，用利爪在王辉穿凉鞋的光脚背上划拉出几道血痕。猫这一招果然奏效，王辉在惊呼一声后从此把等候我的地方挪到了门外，小武却始终相安无事。

我现在所能回想起来小武最快乐的事大概是演戏。那时陪伴我们成长的只有“革命样板戏”，它差不多是我们触及艺术的唯一方式。没有电视，那些声势嘹亮的唱腔从高音喇叭，从收音机，从电影院穿过我们的耳膜，直到每一句唱词和唱腔烂熟于心。但我们似乎还不尽兴，学校会演的时候，还要把一场一场的样板戏从银幕上照搬下来，用稚嫩的嗓音反复操练。我们排演过《红灯记》《沙家浜》《智取威虎山》等。小武主要演《智取威虎山》里代号“203”的首长少剑波，相貌英俊的王辉演杨子荣。在《沙家浜》“斗智”一场戏中，小武演刁德一。他摆出手势在舞台上狡猾地晃来晃去，逗得观众直乐。因为刁德一是坏蛋，无论怎样演都不过分，而《智取威虎山》就不同了，少剑波是英雄，要表现出英雄气概来，总不能像刁德一那样左右摇摆，所以我们的“少剑波”只好加大了手上的动作，僵硬地站在舞台上激昂地高唱。

不过小武排练认真，唱腔又好，还是赢得了不少掌声。我声音小唱不了主角，大多是跳《我爱北京天安门》《草原英雄小姐妹》一类的舞蹈。除了在学校演出，我们还带着节目走向学校附近的工厂和农村，甚至商场前的空地。我们的演出热情自不必说，不可思议的是观众的热情。工厂的大礼堂居然场场爆满，一点不比当下周杰伦、王菲的个人演唱会逊色。

对照小武的整个人生，那几年的快乐时光可谓是昙花一现。因为余下的日子我们每个人像小树一样节节拔高，他的身高却停滞不动，并迅速在我们中间低矮了下去。他的腿疾无情压制住了他向上挺拔的力量，也限制住了他向远方延伸的理想。在结束了中学生涯后的几十年中，他生活、工作始终都没挪出那座工厂半步。他并不知道后来很多日子里我在欧洲生活学习，离他如此遥远。

其实，那个曾经承载过几千名工人的大工厂最后也没能成为小武的栖身之地，它被市场经济的大浪彻底吞没，小武成了下岗工人中的一员。

今年春节前夕，我提着两大塑料袋东西，从这座城市的华联超市出来，无意间看见了小武。他发胖了，体态已判若两人，脸上也布满沧桑。可他从我眼前走过时面无表情，我那几乎要从喉咙蹦出的叫声突然就留在了唇边，只好看着他像小时候一样摇晃着身子，渐渐走入一条小街的深处。

河曲草原：三河滋润的芬芳

一

如果提起河南，后面不缀加“蒙古族自治县”几个字，我相信，所有人的目光都会投向中原那片人口密集的土地。但我笔下的这个河南，离我很近，就在我生活的省份——青海的最南端。当地人自称“天河之南”，是因为黄河途经这里时，弯出一个巨大的弧线，好像是用温柔的臂膀将这片土地亲密地搂抱了一下，然后又果断地离去。至于这个名字的出身，似乎要追溯到时光久远的清朝。当时，清政府将散居在青海各处的蒙古部族进行了统一划分，其中一部分就被安排在了黄河南边定居。如今的黄南藏族自治州这片区域，在那时就被称作河南。所以这些蒙古部族集聚的地方，按照“满清八旗”的划分方式，又被称作河南蒙旗。现在的河南蒙古族自治县，也是青海省唯一的蒙古族自治县。

这个被誉为“青海最美草原”的地方，很多年里都与我擦肩而过。常常看到朋友们拍摄的照片，色彩斑斓的花朵覆盖着整片草原，即使与西宁相隔了三百余公里，仿佛也能闻见它们怒放时的芬芳。现在，机会终于来了，按照三江源生态保护基金会的策划，我将前往了解自然生态保护的最新成果。早在2004年，这里就被列为三江源自然保护区了。

出发的时候，秋天已经开启了演出的大幕。看到秋阳照耀下盎然的山峦与田野，我被囚禁在水泥森林中的身体瞬间如释重负。我总以为，人需要常常开阔视野，视野开阔了，心胸也就随之开阔。高速路上，我们的车很快就被盛主任的小车远远甩开。盛主任叫盛国德，负责河南县三江源办公室的工作，也是我此行采访的主要对象。从电话里，就能感觉到他爽朗、幽默的性格。说明要去三江源后，他说：我在西宁呢，明早跟我的车一起上吧。有人带路，那太好了。我心里一喜，爽快地答应了。后来，我才知道，盛国德的家在西宁，孩子在西宁上学，于是，往返河南县城便成了他常年奔波的路线。其实，他这样的生活现状在当下比比皆是。商品房和高速公路改变了人们的生活方式，不再像过去拘囿在自己的方寸土地，现在人们可以像商品般四处流动。接连不断的高楼，让城市迅速膨胀的同时，也让那些工作在环境、气候恶劣地方的人们有了享受都市生活的机会。

在刚刚进入河南县的公路边，盛国德笑眯眯地等候着，仿佛心里早已计算好了我们的行车速度。他的身后，是一片被黄灿灿的花朵铺满的湿地。看到我们满目惊喜，他略带自豪地说，这样的湿地，我们河南县还有多处。对于湿地，我并不算陌生，行走在青海大地上，看到湿地上茂盛的植被和惬意生活着的黑颈鹤，深深领悟到这个“地球之肾”“鸟类的乐园”对地球生态环境不可低估的作用。我俯下身子，仔细观看这些秋天依然昂扬着脑袋的花朵，凭借十分有限的植物知识，感觉像是金莲花。闻一闻，有淡淡的香气飘出。法国作家雨果说：“所有的植物都是一盏灯，而香味就是它的光。”的确，有鲜花盛开的地方，是如此美好。

和青海的许多县城构架相似，河南县县城也不繁复，总热闹的只有那么一条街。密密麻麻的店铺紧紧相依，没有什么华丽的外表，与人们的日常生活密切相关。街面干净，稀稀拉拉的行人聚拢不起“人流”，也就谈不上人气。我们选择了一家普通的酒店，说是房间里有 24 小时弥散式氧气——这也许正是吸引外地游客的招牌。酒店好像是家族式经营，男女老少齐上阵，分不清哪个是老板。我们入住的头天傍晚，电闪雷鸣之后开始下雨，等回到酒店，漆黑一片。前台告诉我们是线路被雷电击坏，正在抢修，我们在黑暗中进入了梦乡。第二天采访归来，傍晚又下起大雨。雨的势头仿佛到了南方，顺着房角哗啦哗啦倾盆而泻。冒雨返回，街面上已积蓄了半尺深的水，一些地方水流旋转，似乎暗藏陷阱，让人发怵。小心翼翼地摸回酒店，前台又告诉我们停水了，我们只得赶紧又去买矿泉水。看来小县城的生活设施毕竟脆弱，经不起风吹雨打。

清晨，冷寂的街道更加冷寂，溜达了一圈，想寻找适合胃口的早餐，但发现除了牛肉面就是粉汤。可见小县坚持自己的生活口味，并不迎合南来北往匆匆来去的过客。牛肉粉汤出自一家清真餐馆，配上刚出笼的白胖胖的葱油花卷，很是诱人。我们还想买些花卷带上路，以免走到前不着村、后不着店的地方饿肚子。当我看见老板动作利落地把花卷包在一张旧报纸里时，十分吃惊，我知道用报纸包裹食品，尤其是这样热气腾腾的花卷并不健康。于是我问老板为何不用塑料袋？这是我们早已在城市习惯了的购物方式。老板说，那不成，用塑料袋要挨罚哩。我这才知道河南县从 2005 年起就开始抵抗“白色污染”，严禁使用塑料袋，否则会重重罚款。让人没想到的是，他们治理白色污染的措施获得了极好的效果并延续到了今天。在河南县城的街面，你不会看到有人手中提有塑料袋，广袤的草原，也不见饮料、食品的塑料包装。这让我想起自己的城市，曾经的一场声势浩大的“禁塑”行动，在市民们“众志成城”的积习下昙花一现，超市不过是把免费变成了收费。工业革命的塑料制品已完全占领了我们的生活，变得无处不在。它在给人类的生活提供了方便的同时，也给人类的健康埋下了隐患。难怪有人说，塑料是最伟大的发明，也是最糟糕的发明。

我不知道每年河南县的外来客能有多少，但每个店铺的招牌竟然都用了四种文字。蒙文、藏文、汉文、英文排在一起，看上去眼花缭乱，虽然有的英文表述不够准确，但让多种文化在这里汇聚、沟通、演绎、传承，其用心已袒露无疑。

二

黄河大峡谷是河南县的一景，为这片柔美的土地添加了一点野性。你想，被称为中华民族母亲河的黄河，从青海境内约古宗列的一眼清泉开启了生命的旅程，然后一路逶迤前行至宁木特乡，形成了长达 30 公里，气势磅礴的峡谷，见证了黄河在千万年岁月中的艰苦穿越。

我们到达黄河大峡谷已接近傍晚。从县城到这里的 50 余公里基本是沙土路，车轮卷起的烟尘追随了一路。头顶上的一团黑云，越聚越浓，越压越低，像一块吸饱了水的海绵，稍一用力，就会当头泼下来。迫不及待下车，站到峡谷边缘，将目光探向谷底，突然感到两腿稍稍发软。峡谷深约十几米，宽度也就几米。浑浊的河水在陡峭的崖壁中奔涌，让人感受到它那势不可挡的巨大力量。在青海境内，黄河以这样的面目出现我还是头回看到，它不同于在源头的轻柔、在贵德的清澈，或是被水电站大坝拦截后的沉静。看着脚下奔腾向前，恍若一条巨蟒的黄河，我就想，人类出现在这里之前，黄河也是这样的吗？当然，一定是先有了河流，才有了河流两岸的炊烟。很难想象，在很多年里，两岸的百姓，要如何逾越这座咫尺天涯的峡谷，要绕很远的路吗？我知道的是，2009 年，一座跨径 180.5 米、宽 4.6 米的悬索大桥横跨峡谷，结束了当地牧民群众世世代代咫尺天涯的困难。

站在微微晃动的宁木特黄河吊桥上，有阴凉的风从脚下滚过,那险峻还是令人有些心惊肉跳。也许,正是有了这样的险峻，这样的奔流不息，以及河流对于万物的滋养，让人不由得产生了敬畏之心。我看见吊桥南北两边的崖壁上，挂满了五色的经幡，来自远古的气息，正在它们随风舞动中神秘闪现。河流是伟大的，河流如果不被人类利用，其生命会恒久延续，改变的只是两岸的人与物。

曲格亲王府是我惦念的一个地方，名字取自与其毗邻的曲格寺。曲格寺创建于 20 世纪 30 年代，寺权归亲王府。曲格亲王府选址非常讲究，背依浪琴山，面向泽曲河，水草丰茂，景色优美。这样的地方，吉祥安宁，衬托亲王府是恰如其分。曲格亲王府曾经在 1947 年建成，后被人为损毁。2009 年，新的亲王府在原来的遗址上落成。我参观亲王府的那个下午，天空晴朗，亲王府宫殿的绛红色因而显得分外鲜亮。灰色的水泥台阶打造的基座更是将其托举得十分庄严。拾级而上将台阶细数后，得知这 25 级台阶原来是象征着九世亲王更噶环觉 25 年短暂的人生。而且，宫殿的长度与高度也都蕴含深意。46 米的长度象征十世亲王扎西才让 46 岁的不凡人生，12 米的高度则象征她主政的 12 年。整座宫殿融入了蒙、藏、汉三个民族的建筑文化元素，山脊中央还竖有镏金莲花宝幢一座。层次丰富，造型华美。

我们面对着一扇大铁锁紧把的大门，环顾四周，似乎没有游客至此。正在沮丧，但见一红衣僧侣，手提一串钥匙笑盈盈地走来，给我们打开了一楼展室的门。幽暗的光线里，我抬眼就看见了墙壁中央十世亲王扎西才让的大幅照片。这张黑白照片，我在多处资料上见过，却从没有像此刻站在她生活过的府邸与她对视时这般心生感应。她的故事我早已熟知，每每想来心里总会掠过一丝忧伤。1920 年，扎西才让出生时，身份已是蒙古王公贵族的女儿。当时清王朝在河南蒙旗册封的世袭亲王，已传到了第八代巴勒珠尔喇布坦，是察罕丹津之兄岱青巴图尔的七世孙，他迎娶了甘肃拉卜楞寺四世嘉木样活佛的侄女兰曼措为妻，育有一儿一女。儿子是更噶环觉，女儿便是扎西才让。由于扎西才让的父亲早逝，哥哥更噶环觉 3 岁时就继承了王位，即九世河南亲王。 更噶环觉自幼聪慧，读书勤奋，不幸的是，九世亲王在 25 岁时突然病逝，因没有留下子嗣，按照蒙古族习俗，王位将传给妹妹扎西才让。1941 年，刚刚年满 21 岁的扎西才让便成了第十世河南亲王，开始了蒙古和硕特家族历史上第一位女王的执政生涯。从此，她在精明强干的母亲兰曼措的辅佐下，在河南草原风风雨雨的动荡岁月中渐渐成熟。这期间，与拉卜楞保安司令黄正清家的大公子，英俊多才的黄文源喜结良缘。之后，夫妻共同治理旗务，很快在当地宗教界和牧民群众中建立起了较高的威望。

青海解放初期，扎西才让深明大义，拥戴共产党的领导，对稳定当时的社会秩序、加强民族团结起到了重要作用。河南蒙古族自治县成立后，扎西才让凭借自己的威望和贡献，当选为县长。并在日后的勤奋工作中，逐渐成长为一名优秀的民族干部。然而，正在她的事业如日中天之时，一场“文化大革命”的风暴席卷而来。仿佛一株正值娇艳的花，遭受到突如其来的霜冻后，一夜间就凋零了。扎西才让同样没有逃脱被围攻、批斗的厄运。1966 年，她的生命在 46 岁最美好的年华时戛然而止。当历史的真相在时光缓缓地推移中大白于天下，扎西才让含冤离世 13 年后的 1979 年，省有关部门终于为她平反昭雪，并为她召开了追悼大会。据说，在这一年的拉卜楞寺，由嘉木样活佛主持，特意为她建造了一座精致的灵塔并举行了隆重的骨灰安放仪式。我想，灵魂回归拉卜楞寺的扎西才让，一定能够感知到世界已经完全更新，也一定能够看到新建的曲格亲王府，那屋脊上的镏金莲花宝幢，在阳光下熠熠闪烁。

仔细浏览过亲王家族的人物图片和相关资料，另一间展室也吸引了我的目光。这些亲王府当时的生活用品，如今看上去十分寻常，已无法用“奢华”这样的字眼，但它们将一个时代的记忆，定格在了岁月深处，这就弥足珍贵。

三

知道洮河，是因为洮砚。我不懂砚，也不收藏，但洮砚那积蓄了千年岁月的深沉色泽令我心动。洮河因洮砚名扬天下，而我对洮河的景仰更因为其源头在青海域内。现在，洮河就在我的眼前汩汩流淌，我已经接近了它出生的地方——李恰如山与莫尔藏阿米山之间的代富桑沟。我似乎能听到它在摇篮里甜美的吟唱。它一路唱着，将 23.5 公里的身段留在了河南县域内，和延曲河一起，汇集了附近众多支流泉水，共同滋养了赛尔龙乡周边丰茂的牧草，也形成了青藏高原湿地生态系统。青海洮河源国家湿地公园因天时、地利在此诞生。

从河南县城驱车 40 余公里，就到了赛尔龙乡。这里和藏地的许多村落相似，围绕着藏传佛教寺院，是居民生活的院落。简易的村街上，有乡政府和小卖部。一些闲下来的村民，喜欢聚集在这，聊着生活中有趣或无趣的事情。汽车驶出赛尔龙乡不远，洮河湿地公园就近在眼前。一个写有公园名称的巨大石块兀立在旷野上,标志着公园的入口。既然名曰湿地，当然与水密切相关，按照通俗的理解，湿地是指天然或人工形成的沼泽地等带有静止或流动水体的成片浅水区，还包括在低潮时水深不超过 6 米的水域。从专业角度，湿地还分为多种类型。对普通人而言，要搞明白似乎有点困难。洮河源湿地公园总面积有 383.93 平方公里，域内野生动植物资源十分丰富，国家一、二级保护野生动物就有多种。据说，如今在青海 72 万平方公里的土地上已经有了 15 个国家湿地公园。但我感觉，此刻跃入我视野中的，是我走过的内涵最丰富的湿地公园。园内的李恰如山是当地的名山，海拔 4312 米，峰顶白雪覆盖,终年不化。山势险峻,景观奇妙。听说还有天池坐落其中，池水清澈碧绿，引诱大量珍禽来此栖息。遗憾我们行程短促，无法抵达美景之处。

在李恰如山出生的洮河在湿地公园恣意流淌，陪伴左右的

如果选择 6 月来洮河源湿地公园，还能看到漫山遍野百花吐艳的壮观景色。粉红色的是杜鹃花，黄灿灿的是金露梅，还有金莲花、格桑花、紫蓝色的邦锦梅朵，白色的珠芽蓼和火绒草。

诸多泉水也在此蜿蜒出迷人的曲线，与碧绿的草原相得益彰。当山色、水色、草色、秋色融为一幅荡人心魄的画卷时，我竟然看呆了，古人的某些诗句也不失时机地跳进脑海，比如“黄毯悄然换绿坪，古原无语释秋声。马蹄踏得夕阳碎，卧唱敖包待月明。”“一碧无垠骏马翔，少年鞭响牧歌扬。姑娘舞动裙欢悦，篝火星燃醉晚阳。”我想，尽管相隔了那样无尽的时光，面对草原美景我们却是同样的心动神摇。

如果选择 6 月来洮河源湿地公园，还能看到漫山遍野百花吐艳的壮观景色。粉红色的是杜鹃花，黄灿灿的是金露梅，还有金莲花、格桑花、紫蓝色的邦锦梅朵，白色的珠芽蓼和火绒草。我这才知道，在草原上常见的那种五星喇叭似的蓝色小花，民间用来表达爱情永恒的“勿忘我”，原来是深受藏族群众喜爱的“邦锦梅朵”。而珠芽蓼和火绒草我也是第一次认识，花型别致，还可入药。其实洮河湿地有数百种植物，想认也认不过来呢。

汽车沿着山脚一路向前，风景愈加迷人。白色的帐房和白色的羊群点缀在恍若绿毯的草地上，一种久违的诗意，缓缓地把心灵照亮。藏族向导让我们把车停在一块平地上，然后背上水和干粮开始登山。向导的意思是，只有站在高处俯瞰，才能真正领略湿地公园的美。在海拔三千多米的地方登山，我一向心有畏惧，似乎心脏不能承受过大的压力。果然，登到半山腰，我已心跳如鼓。脚步只好半途而止，坐在一块平坦的大石块上歇息。当同伴的身影消失，空荡的山间只有我独自面对时，恐慌突然而至。我紧张地四下张望，担心会不会有什么动物出现。之前听说了一个故事，说有几人下乡调研，走到一处手机信号不好的地方，偏巧有电话要打，就停了车，那个人爬到山顶，正在全神贯注打电话，一只黑熊突然出现，从背后袭击了他。此时，我被连虫鸣都听不到的巨大寂静笼罩着，我被城市噪音污染了的身体却感到了恐惧。山顶有移动信号发射塔，我忍不住给朋友打电话，不时警觉着背后的风吹草动。直到同伴的声音越来越近，我才长长松了口气。原来，享受孤独的寂静也不是件容易的事。不知洮河源国家湿地公园的未来，还会不会拥有如此空旷无边的寂静。

在赛尔龙乡，我看到了最美的草场。草长得有人的膝盖高，微风轻拂，远远望去，深切体味到了那首著名的《敕勒州》:“敕勒川，阴山下。天似穹庐，笼盖四野。天苍苍，野茫茫。风吹草低见牛羊。”的意境。但这丰茂的草场，并没有看见牛羊的影子，原来这是留给牛羊冬天的口粮。

四

每次去黄南州，我就会想到地处黄南州南端泽库县的和日石经墙。从河南县城去泽库，如今平展的公路好像一阵风就能把汽车给吹到了。泽库县距离河南县并不算远，但植被与气候却有很大差异。这片曾经是羌人繁衍生息的土地，经过悠长岁月的金戈铁马，民族融合，如今以藏民族为主的农牧民群众在新时代继续着他们的养畜生活。

泽库县三江源办副主任多杰卡早已在县城路口等候我们了，他将带我们去和日村了解石刻艺术。汽车停在一个规划整齐的村落里，显然这是个生态移民村，而“生态移民”是三江源保护一期工程的核心项目之一。由于泽库县地处国家三江源自然保护区内，早在 2005 年，为保护三江源自然保护区脆弱的生态环境，国家就启动实施了生态保护和建设工程，将数万名牧民从禁牧的草原搬迁出并集中定居。和日村就是泽库县在城镇设立的十个生态移民搬迁点之一。

村落中心，是个宽敞的院子，这是和日村的村委会，也是村里人活动聚集的地方。院子中央的小广场，矗立着一尊很大的雕塑，构图十分有趣。一头白象的背上坐着一只猿猴，猴的肩膀上立着一只兔子，兔子脑袋上又顶着一只小鸟。这个图案，在藏地很多寺院的壁画和藏族人家生活用具上，常常能见到。藏传佛教文化里，它的寓意是敬老及和睦共处，象征和谐、吉祥的“四和合”，也称为“和气四瑞”图。由此可见村委会的美好心愿。

走进院子，就能听见屋子里传来清脆的石头敲击声，原来是村委会为生态移民的年轻人办的石刻艺术培训班。一些青年男女聚集在此，正在大大小小的青石板上用刻刀或不锈钢錾子敲打出藏文字符。可以看出，初学者只是先在石板上刻下一道道横格，而熟练的已经在学习刻佛像了。阳光从明亮的玻璃隔断照进来，能清晰地看到石头粉末在空气中飞扬。和日村是著名的石雕艺术之乡，石刻是该村世世代代传承下来的传统技艺，也是他们经济收入的主要来源。2009 年，和日村还成立了和日乡石雕艺术有限公司。目前，已经初步形成了家庭作坊生产、公司统一销售的经营模式，将石雕作品销售到青海各州县。3 年来，共创收近 200 万元。随着经济条件的逐渐改善，和日村牧民原有的生活方式也在悄然变化，现代文明的生活观念正在向他们慢慢靠近。

院子中一间并不宽大的展室里，陈列着石刻艺人完成的作品。有佛像，动物、宗教故事、吉祥八宝等。粗粝的石面经过打磨、上色，变成了栩栩如生的艺术品。放在小木托上，标了价格,表明可以出售。我对一头牦牛的石雕情有独钟,看了标价,却不由得把手缩了回来。

村委会以他们民族的待客方式欢迎我们。院子中央的草地上，摆上了长条桌和坐垫，很快，热气腾腾的羊肉手抓和奶茶就端了上来。谈话的气氛在四散的香气中迅速升温，已经忽略了我们之间的语言交流障碍。我通过多杰卡主任问询贡保才旦的近况，这位“青海省非物质文化遗产项目代表性传承人”，以他精湛的石雕技艺为生硬的石头赋予了一种赏心悦目的美感，赢得了不同凡响的赞誉。他们告诉我，近 80 岁的贡保才旦眼下进行石雕创作已力不从心，老人目前主要是毫无保留地把自己积蓄一生的石雕技艺传授给自己的弟子。我本想前去拜见这位石雕大师，但老人恰巧出门了。香喷喷的奶茶我似乎还没有喝够，刚刚阳光明媚的天空，突然“呼啦啦”挤过来团团黑云，低低垂落下来，我们只好匆匆地离开了村委会，向那面著名的石经墙奔去。

对于长期生活在青海的我而言，“世界石书奇观”和日石经墙早已是耳熟能详。可当我的目光与这条长近 300 米，高达

3 米的石经墙相遇时，心灵还是受到了深深的震撼。这幅历经百年岁月完成的巨大石刻经卷，隐匿在草原深处的信仰，恍若大地的肢体，那么和谐自然、天衣无缝地融为一体。据说，和日石经墙起始于清朝光绪年间，德敦寺的第三世德尔敦·久美俄合丹增活佛为弘扬佛法，给草原带来吉祥，许诺用毕生精力和积蓄为藏族人民刻制千万年不朽的经书。为完成这个夙愿，他特意请来石刻艺术大师给寺院僧侣和民众传授技艺，此后，他们耗费了数年时光在石板上镌刻下了佛教经典《普化经》《噶藏经》等。

德尔敦活佛圆寂后，他的转世活佛继续出资聘请、雇用石刻艺术家和僧侣百姓刻写经卷，终于，花费近 30 年时间，完成了《大藏经》。其中包括完整的《甘珠尔》《丹珠尔》佛教经典，以及文学、诗歌、艺术、天文、历算、医学、律法等方面的作品，文字量达到 2 亿多。细细端详，你会发现，那些石板上的经文及石刻造像，笔法流畅，构图精致，展示了一代代藏族艺人及工匠们高超娴熟的石刻技艺。每部书籍还专门设计了图案精美的封面，俨然一部用石头刻成的“藏族大百科全书”。

和日石经墙让我震撼的还有它信仰的力量。参与这部石刻巨著的石刻艺人和僧侣，许多是穷尽了自己的一生。那么珍贵的生命，在他们这里，却慢慢变成了一片片刻写着美丽字符的石板，然后悄无生息地被时光淹没。这让我想起德格印经院，尽管它隐匿在四川甘孜一个道路并不通达的地方，但这并不影响人们对这个名字的敬意。据说百分之七十以上的藏文化典籍，都收藏在德格印经院中，它有 30 多万块雕版、6000 多块画版，其中不乏珍本、孤本和绝本的雕版。和日石经墙和德格印经院相距甚远，尽管刻法不同、材质不同，但共同的信仰，让他们将神秘的经文、浩瀚的经卷留存在了永恒的时间里。

站在和日石经墙前俯瞰，德敦寺宛若一弯皎洁的月牙，镶嵌在绿色草原和山峦织出的天幕里，十分醒目。德敦寺是藏传佛教宁玛派寺院，虽然规模不大，历史却不算短，最初只是移动的帐房寺院，后经德敦仁波切创建，来此学习和修行的信徒曾达到三百余人。“文革”期间，石经墙和寺院均遭到严重损毁。如今呈现在我们面前的，都经过重修和多年的恢复。由此可见，信仰的力量无处不在。

五

在同仁县热贡广场的热贡艺术博物馆里，我们站在唐卡艺术大师娘本的大幅照片下拍照。照片上的娘本侧脸微笑，目光注视着远方。我之所以选择娘本，是刚刚面对面采访了他，并为他精湛的画技所折服。采访娘本并不容易，名人就不用说了，关键娘本是个忙人，担任了多种社会职责，需要参与大量的社会活动。我虽然提前做了预约，赶到他的画院，却不见他的影子。说去了吾屯村处理一件重要的事。于是我就坐在画院接待室等候，可我发现在我之前已经有人在等他了。这些年，采访他的各种媒体络绎不绝，有关报道也如同雪片般铺天盖地。对一个在全国乃至世界都享有盛誉的艺术家来说，这并不奇怪。

娘本的热贡艺术画院建在自己的家乡吾屯村，很大，占地面积差不多达到 15000 平方米。创建之时的 2006 年正逢唐卡艺术开始受到市场热捧和青睐，之后又进行了扩建。新建的 3 层小楼采用了藏式建筑风格，纯净明朗，有如娘本的性格。内有接待室、办公室、展厅、学生们的画室和寝室。我利用等候娘本的时机去看学生们画图，娘本的学生现在有 20 多个，年龄大小不一，学习的阶段也不相同。初学者只是在纸上练习画格子，而已经掌握了娴熟技巧的学生开始给勾勒好的唐卡底线仔细地着色，他们告诉我，若能独立绘制至少得练习 5 年的时间。娘本的学生里，大约有一半来自贫困家庭，或者是孤儿。

娘本负担了他们在画院学习生活的全部费用，希望他们在此静心学习，未来能有个很好的出路。

临近中午的时候，娘本风风火火地赶了回来，我不想耽误还没吃午饭的娘本更多时间，但他热情饱满，为我们打开了收藏他个人唐卡艺术精品的展厅。这些作品都是娘本多年的心血力作，浓缩了他 14 岁开始跟随中国工艺美术大师夏吾才让学习，到在热贡唐卡传统风格上融入汉族工笔画技法，最终创新出自己独特的唐卡艺术风格的艺术生命轨迹。

面对娘本大师熠熠生辉的唐卡画作，我似乎没有更多的问题询问。我知道，有关唐卡艺术创作的方方面面，娘本已经在不同场合回答过各种身份的人。我想了解的只是，他的内心对热贡唐卡技艺的传承及未来的生命力有没有过忧虑。自从 2009 年 9 月，“热贡艺术”被联合国教科文组织批准列入《人类非物质文化遗产代表作名录》，唐卡艺术受到收藏人士的追捧，而市场价格的快速升温，也诱发了其商业性和趋利性。当这种纯手工艺术的速度无法满足市场需求时，一些唐卡渐渐进入流水线的规模化制造模式，甚至个别唯利是图的商人用非矿物质颜料或机器印刷来鱼目混珠，完全违背了唐卡的宗教意义。不得不承认，和许多中华古老的传统手工艺一样，热贡唐卡也面临着优秀艺人断代，艺术精品匮乏，绝活技艺濒临失传，画师缺少内心的修为和对艺术的虔诚等困境。娘本当然明白我的心思，我对热贡唐卡的传承忧虑也正是他的忧虑。他说传承正是他当下努力去做的事情。建立这所画院的目的就是为了培养唐卡人才，让更多的人认识、了解热贡唐卡的艺术魅力。除此之外，他还利用在国内外办展览的机会努力宣传热贡唐卡，他认为只有让世人体味到唐卡艺人在一幅幅作品里凝聚了一生的心血，了解了唐卡的文化内涵和宗教意义，才能更好地传承下去并热爱它。最后，娘本还告诉我，他还打算修建一座唐卡技艺博物馆，收藏展示唐卡大师们的精品力作，可以让喜爱唐卡艺术的人们前来学习观摩。

娘本的努力让我们看到了热贡唐卡艺术薪火相传的希望。

返回省城的途中，经过植物繁多的泽库草原和风光迤逦的麦秀林区，以及宽阔绵长、郁郁葱葱的隆务河谷。此刻，从河曲草原归来的我，却从中辨识出四处飘溢的芬芳。这芬芳，不只是烂漫的花朵、茂盛的牧草、帐房的炊烟、寺院的香火，更重要的，应该是水的气息。

人类文明起源离不开水，万物生长离不开水，希腊文和英文字母表中的第一个符号“A”，都源于古老的象形文字“水”。

我想，无论现代高科技的车轮怎样飞旋，世界依然是一个水的时代。当然，也正是水的慈悲与恩泽，让河曲草原成为青海最美的草原。

都城术语

布加勒斯特

去布加勒斯特留学之前，我特地查阅了一些相关资料。有几张精美的图片向我展示了这座城市的非凡之处，还附加着溢美辞藻。比如说它是“欧洲绿都”，是“东方的巴黎”，那时候我正在梦寐巴黎，这样的夸耀多少令我喜悦。

布加勒斯特面积 605 平方公里，这个数字在欧洲群星一般的城市中并不滞后。虽然在近二十年的时光里，始终萎靡不振的经济状况使它再也没有出现过什么赏心悦目的建筑，但一些时代的建筑遗存还是完好无损地保留了下来。

在一本介绍罗马尼亚风光的书中，“人民宫”的图片被搁在最醒目的位置，这座庞然大物如今是布加勒斯特的标志性建筑，它巨大的体积和通体的乳白令人惊讶。所以我在抵达布加勒斯特的第二天，就迫不及待地想见到它。

它兀立在一片空旷之地，周围百米内不见任何建筑干扰。碧蓝天空的映衬使其更加巍峨庄严，与蓝天白云交融出的充满诗性的天际线效果是图片无法表达的。我在与它对视的瞬间，神志竟片刻模糊，一时怎么也想不起它的神韵源自哪一段历史，古埃及、古罗马还是古希腊？但它以纯净的天空做背景的完美一直到我离开罗马尼亚后仍在我的记忆中鲜活。我上班的办公楼下是一座广场，它是我生活的城市最大的广场。广场的一端是省博物馆，非常东方化的建筑，整座广场因为它的存在而弥漫出文化气息。遗憾的是，它的背后却高耸着几栋住宅楼，面目可憎地遮挡住了博物馆的天际线，使这座建筑的端庄气势大打折扣。我因此每天走过那个广场，内心都十分痛楚。

占地面积 33 万平方米、耗资巨大的“人民宫”动工于 1984 年，当时执政的领导人齐奥塞斯库一心要把它建成世界上最豪华的大厦，在国力已经十分衰弱的情况下，不惜花费重金，全部选用最优质的建筑材料。当我走进这栋占地面积迄今仍在世界排名前三的建筑时，其内部的奢侈豪华与富丽堂皇果真让我震撼。虽然只有少部分对游人开放，但它拥有的1000个厅堂无论是如何也无法走尽的。其中最小的一间也有700平方米，高度相当于居民住宅楼的5层。不同的房间用名贵大理石、优质木材、水晶玻璃等结构出不同韵味，再用雕塑和绘画加以装饰，使整座大厦处处皆是艺术精品，差不多成为一座艺术宫殿。站在人民宫二楼的阳台上，布加勒斯特市中心的格局尽收眼底。因为大厦的地势高于周围建筑，从这里举目四望，很容易升腾起一种至高无上的感觉。然而执政的齐奥塞斯库并没能按照自己的意愿站在这里检阅军队或向民众发表讲话，大厦正在建设中，1989年，罗马尼亚政局的突变使他送了性命。工程暂时停工，直到1993年新的政府成立才重新恢复了建设。

经过政治烟尘濡染过的人民宫，终于以它恢宏的气势和精湛技艺在世界建筑史上留下了浓重的一笔。

与人民宫相对的是一条宽阔的大街，两边灰色的高大建筑为对称样式。这是罗马尼亚政府各部委的办公大楼，街道中间设计了别致的喷泉，一直通到统一广场，围拢成一座圆形的巨大喷泉。如果站在这座喷泉前，将远处的人民宫朦胧在喷溅的水花之后，拍出的照片一定很棒。统一广场前面的街道同样笔直，据说它被称作“社会主义大道”。每次我走到这里，都会浮想联翩，涌动一种特别的情感。从人民宫到社会主义大道，这是整个布加勒斯特市区规划最精彩的一段。

位于大学生广场对面的洲际饭店，是布加勒斯特唯一的现代化建筑。从外观上看，就像竖起来的一截长方形积木，比起那些国际建筑大师充满想象力和诗意飞扬的作品，很难表述它的特色。饭店顶层是个露天游泳池，听说 1977 年罗马尼亚遭遇地震时，洲际饭店左右摇摆，泼洒出许多游泳池里的水，楼体却完好无损。我哥哥从阿姆斯特丹来看我时，就住在这座饭店。我曾站在十几层高处，从他房间的阳台上眺望过这座城市，沐浴在黄昏苍茫的色调中，布加勒斯特烟灰色的建筑楼群静谧肃穆，毫不张扬。登博维察河宛若玉带，将城市一分为二。我始终认为，没有河流穿过的城市缺乏诗意，水是城市的生命，就像巴黎不能没有塞纳河，伦敦不能没有泰晤士河。但布加勒斯特缺乏诗意的不是登博维察河，而是河两边的建筑。和欧洲更古老的城市相比，登博维察河两岸的楼宇散漫无序，是那样不刻意和不加修饰。2000 年，当新世纪的太阳喷薄欲出，我的祖国四处都在大兴土木，一幢幢标志性建筑在各个城市拔地而起，楼层节节升高，市民呼吸的空间渐渐缩小，一些极具特色的民居和古老遗存正在迅速消失，大量的西式建筑被成批复制，人们恨不得在自己的土地上建造一座曼哈顿或“小巴黎”。而远在巴尔干半岛上的布加勒斯特无动于衷，整座城市静默无声，很难听到从建筑工地上传来机器的轰鸣声。我在布加勒斯特生活的两年间，居然没能见到一座竣工的建筑，特别是公共建筑。有几处未完工的楼房，裸露着自己高大的骨架，竟也不知在风雨的浸淫中几度春秋？可见在经济困顿中始终徘徊不前的布加勒斯特已经没有能力更新和改造自己的城市，渐渐花容失色，犹如一个年迈的妇人。

布加勒斯特不是一座热闹的城市，在这里逛街购物，一般不会有摩肩接踵的感觉。尼古拉·伯尔切斯库大道从建城初始到现在，始终是这座城市的商业中心。但它的商店排列疏松，同样疏松的霓虹灯慵懒乏力，无法放射出首都商业街的繁华光彩。我喜欢的是尼古拉·伯尔切斯库大道背后的老街，老房子里出售古朴的民间手工艺品，印证着这座城市的传统与历史。

布加勒斯特又是座宽容的城市，它不富裕，却慷慨接纳了数万四处流浪的吉普赛人，是世界上收留吉普赛人最多的一座城市。因此吉普赛人就把布加勒斯特当作了自己的天堂，自由自在，无拘无束。他们在城市建筑的缝隙中随意搭建起栖身的窝棚，由他们组成的乞讨大军遍及城市的各个街巷，并在公共汽车或地铁上将乞讨之手摸向乘客的钱包。另外，布加勒斯特还是野狗的乐园，多达几十万只无家可归的野狗心安理得地盘踞在这座城市，并从未受过人的伤害。一座都城能宽容到如此地步，实在匪夷所思。

曾经被誉为“东方的巴黎”的布加勒斯特，是因为当时的城市规划设计师非常迷恋巴黎，一心想模仿巴黎的建筑来建设布加勒斯特。可当我暑假去了巴黎，再返回这座城市时，我发现，除了一座仿造的凯旋门和老街上的建筑外，无论如何也呼吸不到巴黎的气息。因为巴黎不仅仅是一座城市，它还是一个神话，一座艺术殿堂，她的美和气质独一无二，无法模仿也无法替代。恩格斯曾深情地描述巴黎：“只有法国才有巴黎，在这座城市里，欧洲的文明达到了登峰造极的地步……”“环境是那么引人入胜，建筑是那么精致优美，布置是那么别具风味，世界上哪儿能找到如此美丽的地方，只有法国这样的国家才能创造巴黎，只有当看到了这一美丽的国家的惊人财富时，你才懂得这座光辉灿烂、宏伟壮丽、无与伦比的巴黎是怎样产生的。”

确实，真正的艺术是无法移植的。

远离巴黎的布加勒斯特在我被巴黎濡染过的目光中一下子

显现出它的衰微，但大片的绿地依然茂盛地生长着。这是布加勒斯特至今让我怀想的美。每一个生活小区都有公园，包括几座有名的公园，全部为市民免费开放。你可以在任何时间自由地出入这些绿色的空间。而大片的绿地，在我们的城市，如今已成为非常奢侈的配置。城市四周的田野在迅速消失，城市的高楼遮挡住了明媚的阳光，投下了大块阴影。越来越多的人拥挤在城市，大自然却离我们愈来愈远。城市变得更加商业化和庸俗不堪，就像暴发户浑身的毛孔都膨胀着欲望。

经济停滞不前的布加勒斯特已经是满目的凋落，我们的城市虽然越来越新，却不断在丢失更有价值的东西。从这个意义上说，我们的城市正在沉沦于另一种凋落。

阿姆斯特丹

马斯特里赫特、海牙和阿姆斯特丹是我生活在荷兰期间居住过的三座城市。阿姆斯特丹我去过两次，中间相隔 10 年。经过 10 年岁月洗濯的阿姆斯特丹，风韵依旧。变化的并不是城市建筑，而是行走在建筑间的游客。20 世纪 90 年代初，我在阿姆斯特丹主要旅游景点，很难看到成群的中国人，一些人费尽周折来到荷兰后，总是藏匿在餐馆后厨，日复一日地出卖气力，他们来荷兰的唯一目的就是挣钱。仅仅10年光阴，当我再次站在阿姆斯特丹街头，一堆堆油头粉面的观光客，却换成了中国人。在商店里大把花钱购买名牌的，也换成了中国人。其实中国这十年里，人的变化已微不足道，改头换面的是城市。在推土机巨大的轰鸣声中，一座座城市犹如挨了整容师的手术刀，变得难以辨认。

阿姆斯特丹恰恰相反，300年前它差不多就是现在这个样子。从小渔村发展到世界著名城市，17世纪是它的黄金岁月，一跃成为全欧洲最大的海港，确立了“海上女王”的地位。尽管后来渐渐衰弱，但建造在黄金时代的运河、小桥、宫殿和民居，都被阿姆斯特丹的市民小心翼翼地保护到了今天。17世纪的富豪们沿着运河建造的漂亮房宅构成了阿姆斯特丹极具特色的建筑景观。

被称为“北方威尼斯”的水城阿姆斯特丹市内运河有100多条，小桥上千座，小桥流水正是文人喜爱的画面。这座有着700年历史的欧洲名城，至今在市区也没有矗立起一座高层或后现代建筑。从高空俯瞰，整个市区建筑物的高度非常齐整，全部被限定在教堂的高度之下。我在阿姆斯特丹居住时，喜欢沿着运河缓缓行走，为的是看运河两岸姿态各异的老房子。这些密密拥挤在一起的荷兰式住宅，大多都是 17 世纪的建筑作品，甚至还能看到 15 世纪的古老建筑。它们一律被建造得又窄又长，最窄的居然只有一扇门的宽度，非常有趣。让我不断想象那屋的主人该如何布局，如何置放一张宽大的双人床。形成这样一个建筑特点的原因是阿姆斯特丹的房屋赋税方式是按门面的宽度来计算的，因而所有的房主宁愿将房子加高也不愿将房子加宽。

细细观察这些老宅，很难发现重复的式样。门面细窄，窗户却很宽大，一般底层都设计得朴实简单，而房子的冠顶则姿态万千，装饰得十分考究、华丽。通常屋顶上都有一根伸出的梁，用做从窗户吊运家具和各种货物。受到意大利文艺复兴思潮的影响，17 世纪，欧洲的建筑进入了一个幻想的时代，逐渐形成了巴洛克风格和后来的洛可可风格。荷兰的建筑师受之濡染，也在阿姆斯特丹建造了大量洛可可风格的住宅。今天从那些富商们的豪宅上,依然可以看到洛可可繁复、奢华的装饰艺术元素。

20 世纪 90 年代以后，膨胀的人口使城市渐渐拥挤，迫使早先居住在院落的人纷纷搬进了高楼大厦，我们城市的风貌和特征也由此衰落。丛林般的高楼大厦把大面积阴影投射到我们的生活空间，玻璃幕墙反射出太阳的刺目光芒令我们心烦意乱。远离大自然使我们不同深浅地患上了城市病，孤僻、冷漠、抑郁或者虚伪。尺度宽大又过分强调商业功能的高层建筑压抑住了我们曾经蓬勃昂扬的精神。行走在我们城市那些千篇一律、不伦不类的建筑中间，困惑也在不断加剧。在城市发展飞速前行的今天，我们该如何挽留住一座城市的历史?

阿姆斯特丹无疑是最好的答案。它的城市规划完美地融入了人文精神。很多个夜晚，我坐在哥哥那幢有上百年岁月的老宅里，望着窗下缓缓流淌的运河以及河里倒映着的两岸人家斑斓的灯光，心醉神迷。老宅只有三层，因为间距大，三层的高度要大大超过我们水泥盒子式楼房三层的高度。窄长的面积里除了楼梯,还安置了一个小巧的电梯,十分方便。一个世纪以来，岁月的更迭同时也在更新着屋内的设施，留下的只是古老的躯壳。荷兰政府规定，无论住房内部如何装修改建，沿街的一面必须保持建筑原貌，而且每年都得粉饰一新，以保证每栋建筑能获得赏心悦目的视觉效果。

所有的街道基本保留了建成初期的格局，与古老的建筑相互映衬。在我们的城市像摊煎饼似的越摊越大，人们不得不以车代步的今天，阿姆斯特丹人依然平静地骑车或者步行。因为多数街面狭窄，开车停车都特别麻烦，所以阿姆斯特丹也就成了自行车之都。70 多万人口，就拥有 55 万辆自行车。大街小巷，河边桥头，随处堆放的自行车成了阿姆斯特丹的一大街景。

在我读过的一本书中这样写道："希腊人告诉我们，保护古代文明遗产，需要的是对历史的深刻理解与崇拜，科学的方法，优雅的美感和高尚的文化品位，因为历史文明是一种很高的意境。"呈现一个城市的文化，不能说阿姆斯特丹做得最好，但它却最好地传承了希腊人的精神。文字的历史只能启动想象，建筑的历史才是能够触摸的物证。阿姆斯特丹不仅留下了建筑的历史，还将文字的历史再现到了极致。看老房子和参观博物馆，填满了我在阿姆斯特丹的每一个日子。在这个人口不到百万的城市，大小博物馆多达 40 个以上，它们使我奔忙数月也未能阅尽其中的文化财富。国家博物馆我参观过两次，还有伦勃朗故居、梵・高美术馆。大师们的杰作以前我只在画册里欣赏过，如今亲眼看见，激动得恍惚坠入梦境。国内的博物馆进过两次以上的只有故宫，我喜欢故宫不单因为它里面深藏的故事与珍宝，更主要是神迷于它的建筑。故宫是我国古代建筑的经典，它恢宏的皇家气势与精美绝伦的建筑造型的确不同凡响。站在太和殿前或景山上俯瞰故宫，黄色琉璃的庑殿屋顶在阳光辐射下闪耀出象征皇家威严的光泽，每一次我都会领略到一种震撼人心的力量。远眺故宫时，我总忍不住潸然泪下。这座占地72万平方米的明清两代皇宫，在不同的历史背景下经受住了时代风雨的荡涤，终于存活了下来。遗憾的是，紫禁城外大量的古建筑遗存却永远消失在我们的视野中。望着密匝在紫禁城外杂乱无章的各式高楼，我尤其怀念建筑大师梁思成。那是一个让人随时随地想起来都感到十分痛楚的人物。如果按照他的设想，我们现在依然从这座有着3000年建城史的古都清晰地看到古城墙和古城楼斜映出的历史踪影。但新北京在选择建设规划方案时，却偏偏放弃了他保留古都原貌的方案，结果变成了现在的这副模样。当我今天面对一座渐渐消隐了历史文脉和风貌的五朝古都时，回想他“拆掉一座城楼像挖去我一块肉，剥去了外城的城砖像剥去我一层皮”的泣血文字，内心也是和他同样的疼痛。

如果说梁思成让我们痛惜的话，那么作家冯骥才则让我感动。许多年来，他始终在为保护天津老城区的文化遗存奔走呼吁，付出了极大努力。他的一些文字我记忆深刻：“城市的历史文化形态，是人类文化的重要财富，凡历史创造的，都是一次性的，失去了便无复再生。尤其那些历史文化名城，都是地球上活着的最大文物，是千姿百态的人文奇迹，是一个充满魅力的精神空间。”“我们曾经创造了无与伦比的文化，但必须承认，我们缺乏文化意识，也很少文化自珍。从无形的文化财富上说，我们极其富有，从有形的文化遗存上说，我们早已变得贫穷。”

除了教堂，阿姆斯特丹 200 年以上的历史建筑仍有 7000 多幢。老城内要拆除或添加一幢建筑，即使规模极小，也要经过城市规划部门的严格审批。

我们的城市总在复制一些廉价的建筑，而真正应该复制的城市精髓，我们却视而不见。

巴黎

站在埃菲尔铁塔顶层上俯瞰巴黎的那一刻，我依然恍若梦幻。它的确太不寻常。地球上很少有城市像它那样经历过那么多改变历史进程的重大事件并令无数人为它的艺术魅力魂牵梦绕。埃菲尔铁塔 320 米的高度足以将整个市区尽收眼底，这个近乎完美的视角可以让你初步领略到巴黎无与伦比的美。

阅读一座城市我喜欢从高处开始，首先俯视，然后慢慢地穿街走巷。一座美丽的城市它的建筑布局和勾勒出的天际线应该是无可挑剔的。就像眺望巴黎塞纳河的左岸和右岸，绿树掩映中的宫殿与古迹。它们曾经的奢华与辉煌，你很难想象2000年前它只是一座叫“西岱”的小岛。

然而，正是这座基本上是小渔村的西岱岛，在2000多年不同历史时代的嬗递中，繁衍生长出了一座现代化的国际大都市。我痴迷巴黎不单因为它是人类艺术的圣殿，更因为它是世界城市建设的经典，令别的城市自叹弗如。遗憾我在巴黎游走的时间被局限在了7天，我的目光因此只看见了一小块的巴黎。行走匆忙中我反复想，如果将我两年的留学时光搁置在巴黎，那又该受到何样的滋养。

我一直以为，巴黎的城市建设能跃居世界典范，是因为有勒·柯布西耶和欧仁·艾纳尔这两位大师。勒·柯布西耶是建筑界闻名于世的一个天才。他出生在瑞士，却把整个生命和情感献给了巴黎。尽管他所提出的巴黎市中心地区规划建设方案最终未能实施，但他的现代建筑思想和观点深深震撼了整座巴黎并影响了巴黎城市发展的走向。20世纪20年代，勒·柯布西耶就提出了现代城市必须拥有树木、天空和阳光。他甚至认为城市应该是一座公园，所有的建筑都应掩映在绿树葱茏之中。可是这个理想模式今天依然是我们许多城市的理想。迅速扩张的城市疏离了我们与自然的亲密关系。我们窗前的阳光被遮挡，我们的天空不再纯净，我们被囚禁在钢筋水泥结构的丛林中，吸纳着污浊的空气，只能靠回忆享受绿色的田野和清脆的鸟鸣曾带给我们童年的欢畅。

勒·柯布西耶和美国的莱特都是我非常喜爱的建筑大师，亲近自然的建筑理念无不贯穿在他们的建筑作品中。勒·柯布西耶在那个遥远的年代已经为未来的城市构想了“阳光城”“绿色城市”，而莱特的经典作品则把建筑与自然融为一体。和勒·柯布西耶不同的是，欧仁·艾纳尔一生都致力于巴黎旧城的改建。一百年前他就预见到交通问题将是城市建设最重要的环节，并提出了非常超前的“城市街道立体交叉枢纽”和“城市环岛式交叉口和地下过街人行道系统设计”两种方案。如今巴黎地铁能给所有造访者留下深刻印象，欧仁·艾纳尔肯定功不可没。1900 年，巴黎第一条地铁正式运行，眼下已发展到城内 16 条地铁线路，400 多个车站，还不包括通市郊的线路，每日吞吐量约 350 万人次。我在巴黎各景点间奔波，主要依赖地铁，尽管线路密集，但由于设计科学，凭借一张标识清晰的地铁图，便可准确无误抵达想去的地方。

进入新世纪以后，巴黎市区1400万的人口已经和北京不相上下。由于政府采取措施限制私家汽车的数量，巴黎四通八达的交通线路基本畅通。北京也狠劲地发展交通，地铁和公路迅速向城外延伸。私家轿车已成为当今中国家庭消费时尚，据说，北京目前私家轿车每天以1000辆的数字增长。修路的速度永远无法超越买车的速度，于是出现堵车。北京常常令人心烦，其中一个原因就是堵车，一个人看到自己有限的时间被无谓地消耗在蜗牛般的速度上，他很难无动于衷、心情美妙。

艾纳尔对巴黎的另一贡献是城市绿化。他曾为巴黎设计了完整的城市绿化体系配置图，充分体现了他“绿化是城市空间最重要的一环，是改善城市环境，增加城市活动的重要因素。”的基本观点。经过多年努力，现在巴黎城市公园和街区花园达到377处，公共绿化用地面积大大超过了北京。可见绿化已经成为一个城市文明和经济发展的重要标志。据说为迎接奥运，北京计划也要大幅度增加绿化面积，尽管“作为世界城市建筑中历史文物最多的绝色孤本”的老北京，正在消隐自己原有的底色，可如果纯粹的绿色能多覆盖一点今天斑驳的杂色，毕竟令人欣慰。

1965 年，巴黎大区规划指导方案终于尘埃落定，它提出了要在巴黎东西两侧建立 8 个新卫星城的计划，以缓解市中心人口过于密集所带来的各种压力。这无疑与梁思成和陈占祥 1950 年拟就的完整保存北京古城，在古城外建设中心区的“梁陈方案”主旨相符。然而这一年，舍弃了“梁陈方案”的北京城正在大肆拆毁着古城墙。几十年岁月逝去，如今巴黎 8 个卫星城都基本建成，尤其是德方斯新城，集中了建筑师们充满想象力的现代建筑，姿色各异，成为巴黎著名的旅游区。法国大建筑师让·努韦尔还为德方斯新城设计了一栋直插云霄的圆柱形摩天大楼，这个 400 米高，超过埃菲尔铁塔的现代建筑，也许会成为巴黎新的标志。

巴黎的卫星城方案终于在岁月淘洗后被证实了它的远见卓识。市中心人口向卫星城大量迁移，让老城内的历史遗存及市容环境都受到了良好保护，随之兴建的高速地铁来回穿梭，令整座城市充满动感，一派生机。北京的建设则选择了以故宫为中心向外层层扩大的方式，“摊大饼”造成市中心人口过度密集，交通、就业、空气污染、遗迹保护等承受的压力已不堪重负。巴黎老城的“古”与新城的“新”相映生辉，和谐交融。和阿姆斯特丹有所不同的是，巴黎老城在保护丰富悠久的历史性建筑艺术遗产的同时，并不排斥现代建筑。这座令人仰望的艺术之都曾吸引了许多世界建筑设计大师在此留下了他们的经典杰作。这些展现了现代建筑精髓的作品更为巴黎添加了魅力，却丝毫也没有破坏古都四处弥漫的历史气息。

法国现任总统希拉克，曾担任过 20 余年的巴黎市市长，对城市规划和建设有独到见解。他说：“城市不应当永远凝固不变。对巴黎来说，凝固就是灾难。每一个时代都应该在城市中留下自己的标志，这一点充分地表达在巴黎城市建设中。假如我们这座城市能唤起人们的诗情，能向人们表明她欢迎艺术创造的话，那当然是因为她懂得在尽量保存每一个时代的作品的同时，没有使自己变成化石，变成一座博物馆似的城市。但这并不妨碍我们对那些古董的热爱，并竭力去保护它们，如果它们确有无可争辩的人文价值的话。”

巴黎 2000 多年的历史可谓是腥风血雨，跌宕起伏。巴黎的市政建设也数次受挫，众说纷纭。但事实是，巴黎最终做出了正确选择。

许多年来，我不停地进入北京。除了亲情，更多的还是从幼年时滋生的一种情感，没有一座城市能像北京这样令我如此热爱和关注。近些年，北京的变化很大，让人感到生活质量的不断升级，可我并不喜悦，每一次看到老城内又冒出一栋大型建筑，我就无限伤感。我知道它身下铺垫着院落的废墟，而代表一座城市风貌与特征的载体正是院落，就像四合院代表北京，石库门代表上海，土楼代表福建。北京的四合院到底该“留”还是“拆”，在一个漫长的时代中始终成为一种交锋。一些人认为四合院已破败不堪并显示了中国人的封闭心态，另一些人则认为民居是一种文化，院落的消失，也就是城市文明裂变的征兆。我想，说北京四合院破败也好，危房也好，其实并不可怕。北京每年都在崛起成片的楼房，为什么不能像阿姆斯特丹那样保留四合院的外在形式，更新其内部的设置用具，与时代同步呢？可怕的是，伴随着四合院的消失而凸显出的文明视野的荒漠，这个代价无法估量。

面对世界都城人口急剧膨胀，很多国际建筑师都在积极探索未来城市的空间形式。有的伸向天空，有的沉入地下。比如保罗·梅蒙为未来的巴黎设计的方案是将整座西岱岛高高擎起，变成一艘象征巴黎的巨轮，其想象的大胆令人惊叹。

北京的建设曾面临过许多选择，今天同样还是。

时光的另一种表述

见到《岁月的痕迹》一书以前，我对王文中的了解只局限于他的风光摄影作品及一点相关的文字。就个人感觉而言，那种天然去雕饰的纯净正是我喜欢的品质。关于摄影，我的知识储备少得可怜，一些色彩和画面结构美轮美奂的摄影总令我惊讶不已。但相比较这些明显带有现代科技手段和电脑技术痕迹的摄影作品，我还是更欣赏从老相机和胶片里诞生的东西。更多时候，它们会强烈地感染我的视觉和心灵。比如罗伯·卡帕，比如亨利·卡蒂埃·布列松的作品。

我曾在一本有关摄影的书里读到过这样的文字："最终让影像经得住时光冲刷的，仍是来自心灵的秘密。摄影术也因此没有沦为一种雕虫小技。照片成了镜子或窗户，通过小小的取景框，我们能看到自己，也可以看到他人和这个世界。”这似乎也是王文中的观点。许多年来，无论摄影技术变幻得如何使人眼花缭乱，他始终坚守着自己惯有的个性与风格。他认为摄影是一种思想的火花，是对人生的理解和感悟，是用自己的双脚踏出来的曲折山路。但摄影的创作个性与表现风格的形成并非一朝一夕，它是建立在长期的摄影实践活动和理论知识的基础上……摄影的实践性、理论性及美学和其他艺术门类的知识修养，对一个人创作势力的长期性、恒定性有着至关重要的作用，它是形成创作个性与表现风格的必要条件。

可以说，《岁月的痕迹》正是王文中多年来艺术实践和艺术学养结出的一枚汁液饱满的果实。是他站在民俗文化高度上，去思考，去发掘出的带有深刻内涵的文化命题，是他采用摄影手段来挽救在养育自己的土地上濒临消失的民俗文化。

《岁月的痕迹》共汇集了 500 多张照片，还有 2 万余的文字。它们被作者精心编排成的四大版块：“寻访水磨”“风雨石拱桥”“曲艺春秋”“与土为邻”，在我看来，早已漫过了摄影的概念，成为一个个具体的文化符号。在长达 6 年多的业余时光里，作者跋山涉水，走村串乡，那些进入到镜头里的老水磨，老油灯，老式家具，曾经与我们的生活息息相关，它可能就是作者童年记忆的某些片断。作者记录下这些离我们现代生活渐行渐远，即将被时间磨损掉的景物，与其说是一种故乡情结使然，不如说是他长久以来淤积在内心深处记忆的释放。王文中的家乡在青海省贵德县，正是一个有着老水磨、石拱桥和庄廓院的地方。因此我感觉这样的释放对于他并不是快乐和轻松的，一种隐忍的痛楚不仅始终弥漫在照片背后，还时时地穿行在我们的阅读情感中。“尽管许多落后过时的老农具从生产生活中淘汰了，但生活在这些贫瘠山坳里的人们，质朴纯厚的民风依然如故。假若将来连这些可贵的人类品质也像许多城市人一样，从进化了几千年的人性中迅速消失的话，那不仅是我们精神领地的退化，更是我们生存环境的不幸了。”

对于我们这些从没有过乡村生活经验的人来说，水磨陌生又亲切。那些置放在乡野和绿树怀抱中的小木屋，伴随着溪流的声响，构成了我们想象中最恬静、最富有诗意和浪漫气息的乡村图景。尽管我并没有亲眼见识过那些饱满的麦粒如何变成雪白的面粉，尽管我们成长的年代电磨早已取代了水磨，但不得不承认作为重要的水力工具，水磨所曾拥有过的无限风光。现在，工业文明的成果抛弃了它们，这些经过百年风雨沧桑的老水磨，一个个坍塌了，然后不复存在。所剩无几的那些水磨，孤独而又忧伤，默默兀立于苍凉之中，弥补着我们日渐稀疏的乡土记忆。

石拱桥同样是乡村生活图景中的一个鲜亮标志，它的历史同样久远。石拱桥不但给我们曾经的生活创造了极大便利，它优美的曲线，精湛的技术，除了显示出山民的智慧，还给古朴的山村景色添加了无限生气。“小桥流水人家”正是我们心中渴望的田园风光。所以那些水墨画般雅致的江南古镇，如今都成了万千游客用来释放被喧嚣的都市搅扰得疲惫不堪的心灵驿站。

江南古镇人头攒动，可乡村的石拱桥开始被水泥桥替代，连打造石拱桥的石匠们也慢慢老去。他们精湛绝伦的石匠手艺没有了传承，即将断代。泥土路变成了漂亮平展的水泥路，古朴的院落变成了水泥小楼。建筑材料的更新换代，使人们渐渐忘却了那些原始、粗粝的石块曾经在他们的生活中所占有的重要位置。充满情调，田园牧歌般的乡村景致在我们的视野中变得愈加模糊，难以辨认。

源远流长的青海地方曲艺是最受当地群众喜爱的文化娱乐方式之一。尽管它全部用方言演唱的唱词外地人很难听懂，但

“小桥流水人家”正是我们心中渴望的田园风光。所以那些水墨画般雅致的江南古镇，如今都成了万千游客用来释放被喧嚣的都市搅扰得疲惫不堪的心灵驿站。

我们依然能被它委婉优美的唱腔旋律所打动，况且它的唱词严谨工整，颇为讲究。曾经在一段年代里，青海地方曲艺在这座城市非常兴旺,成立有专门的剧团,人才济济。然而,时代变了,进入了信息化。多种文化元素的蜂拥而至，使得生活在这个时代的人们眼花缭乱，年轻的一代更容易吸纳新鲜的东西。人们不再痴迷地方曲艺这种太古老的艺术。如今我们已经很难在舞台上看到用地方曲艺形式演出的经典剧目了，它们被迫出现在一些简易的茶社，演唱者和听众基本上都是上了年纪的人。有着悠久历史和传统的地方艺术也同样面临传承与断代的忧虑。

《岁月的痕迹》四大版块中，“与土为邻”的分量最重。以一方土地上的民居，表述了“一种具有深远历史背景的地域文化”。中国地域辽阔，各地传统民居大多都就地取材，并与大自然相融合，充满了浓郁的乡土气息，因此形成了民居建筑具有地域人文风貌和生活环境特征的多样风格。比如像我们西北地区，干旱少雨、昼夜温差大的气候条件就使得这里民居几乎都是平顶形式。

青海古建筑专家张君奇先生说：青海居民的庄廓院与北京四合院相比，少了些华丽；与江南水乡民宅比，又显得朴拙。但它是在青海高原长期的历史条件下，漫长的高寒环境中磨砺出来的，是青海劳动人民长期赖以生存的居所，承载着青海的乡土文化。

庄廓一词，是青海方言，其实就是四合院。由于青海气候高寒，生存环境恶劣，所以庄廓都是由高大的土筑围墙和厚实的大门组成的。房顶平坦，如履平地，就像一首民谣里唱的：青海的山上不长草，青海的房顶能赛跑。

在“与土为邻”这一章节中，我们可以看到王文中记录的有关青海农村庄廓院里的一些陈设：大门、窗户、家具及在它们身上体现出的装饰手法，如砖雕，木雕等图片。它们体现了民俗文化的精致，也映照了洋溢在民间的生活情趣。

“门”在汉语中又被称作“门面”“门脸”，可见在中国人的传统观念中，它所处的重要地位。从一些老宅的大门，我们可以断定主人的身份和等级，还可看出中国人的风水观念。窗户的形式在民居建筑中更为丰富多样。在青海庄廓院里，“支摘窗”是运用最多的一种窗式，因为这种窗式的窗心部分，由棂条花格组成，由此便演绎出各种有美好寓意和诗情画意的优美图形。这些丰富高雅的艺术精品，常常带给我们美好的视觉享受。家具陈设与民居建筑紧密相连，传统家具与陈设是民间百姓的智慧结晶，同时，它十分考究的摆设、悬挂，不但满足了人们的生活起居等实际需要，反映了当地的生产状况和生活习俗，还能陶冶人们的情操，愉悦人们的心情。

所以老庄廓里的建筑装饰既想营造艺术感染力，又想达到节约成本的目的，就主要突出在大门、窗户、家具这些引人注目的地方。那些遗留在老庄廓门楣、窗棂、照墙、家具上的木雕、砖雕、彩绘艺术，在经过漫长岁月濡染后所留存下来的残影，依然令我们惊叹叫绝。遗憾的是，这些大多远离城市的老庄廓也愈来愈没有了立足之地。现代都市里高楼大厦的庞大身影蛮横地侵占了人们的思维观念，在乡间诗意的田野上，竖立起了越来越多的水泥小楼，模样呆板相似，毫无生气。在南方的某些乡镇，民居的屋顶上甚至莫名其妙地立起了埃菲尔铁塔和欧洲哥特式建筑的尖顶，令人啼笑皆非。

在对《岁月的痕迹》中的主要图片表述过后，王文中多年在乡野中行走的意义便清晰可见。这是一次思想与情感的行走，是他在生活中长期观察、思考后用摄影语言记录下的民俗文化精华。它们都是历史留在我们视野中最后的景物，是未来时光里永不再来的东西。

著名民俗摄影家沈澈说过：“‘民俗摄影’是人与人之间，心灵与心灵的对视和理解，是洋溢着深切关怀精神，人文内涵的人类平等的对话与交流，是对人类曾经有过，行将消逝的独特生命现象的尊重和礼赞。”我想这也可以用做对《岁月的痕迹》的一种诠释。

《岁月的痕迹》除了大量珍贵的照片外，阐释图片的优美文字则是王文中献给我们的另一束哲性灵光。它们并不同于一般民俗摄影作品的文字说明，而是作者积蓄已久的思想结晶。我们说，照片的“形象化”功能是文字无法替代的，但它毕竟是一个静止的画面，只能展示事物的局部、事件的片断，而文字却能弥补照片的这些缺陷，帮助我们理解和贯通照片的主旨。

《岁月的痕迹》恰恰是作者将民俗摄影与文字完美结合的成功文本，它让我们读出了隐藏在图片背后的情感，看到了比图片本身更深远的地方，那些个曾经被我们忽略掉的角落。同时，那些深邃、精彩的文字也为我们见证了王文中作为一个学者的睿智和文化底蕴。他娴熟驾驭语言的能力和丰沛敏锐的艺术感知能力给他成为学者型的摄影家提供了最坚实的铺垫。

时光荏苒，在时光前行的脚步中，传统风俗将会慢慢消逝，世界科技发展的高速进程使人类每天都在舍弃不该舍弃的东西。面对民俗文化的断痕，也许《岁月的痕迹》正是表述时光远去的最好方式。

游走在记忆中的伦勃朗

拐过楼梯，灯光突然幽暗起来，在一条长长的甬道尽头，他坐在那里，与我默默对视。

几枚射灯从不同的方向对他照射，在他身体上覆盖了一层柔和的光泽。他大大的帽子、衣饰、眼睛还有表情，都是我最熟悉的，那是他在事业顺畅时期一幅自画像中的模样。

我站在他面前，我们目光的距离已不能再近，我真想去握他的手，它们就安静地搭在他外套的下摆处。可是不能，近300年的时空彻底泯灭了我这个念头，我们隔得太远，他的身体和灵魂早就栖息在了17世纪，而现在坐在这里接受我们仰慕的，只是用蜡制作的复制品。

这是 2000 年荷兰阿姆斯特丹著名的蜡像馆，和这个蜡制的伦勃朗站在一起，依然让我激动不已。

名画《夜巡》差不多占据了国家博物馆一个展厅的一整面墙壁，那里灯光同样的幽暗，可能是为了增加伦勃朗画作的光影效果。很多人举着相机拍照，但那个小木牌上的文字告诉我们禁止用闪光灯，我那个傻瓜相机只好呆头呆脑地躲在背包里。其实，早在 8 年前我就在这座博物馆里看过伦勃朗，可我确实没有记住《夜巡》当年是不是也挂在这个位置。那天，哥哥带我从荷兰南部我们居住的小城驱车 4 个小时赶到阿姆斯特丹，而博物馆里要看得东西太多，匆匆的脚步导致的最终结果是把脑子搅得一团糨糊。后来回到高原，一位在大学里讲授油画的朋友听说我看到了伦勃朗的原作，羡慕得眼睛竟有些潮润，为此我十分羞愧，我居然没有来得及在那位大师的画前停留片刻时光。

现在我终于可以放缓呼吸和脚步从不同角度细细端详《夜巡》了，除此之外，还有他的《自画像》《看书的母亲》《莎丝吉雅肖像》等名作，自从哥哥家搬到了阿姆斯特丹，我就有了大把时光可以在博物馆里随心所欲。

诞生在 1642 年的杰作《夜巡》，其实并没有给伦勃朗活着的时候带来好运。由于他没有遵循订货人的意愿，在画中一反当时流行的肖像画套路，大胆采用了全新的审美表现方式，《夜巡》不能被人们理解和接受。它遭到了画中人物班宁·柯克自卫队员的辱骂及市民的嘲笑，甚至同行的攻击。伦勃朗的肖像画名声自此一落千丈，直至最终破产。但伦勃朗并没有因此改变自己对真正艺术的一往情深，他这样说："也许三百年后我的作品会被人认可的。"事实上，这个日子的到来距离三百年还有很长一段时光。

1642年，悲惨的事还有他的爱妻莎丝吉雅患肺结核去世。

布林森运河是围绕阿姆斯特丹市中心的四条运河中最有名气的一条，我喜欢站在桥上看运河边那座塔顶有一只金色地球仪的西教堂，伦勃朗死后就安葬于此，这也许是我常来这散步的主要理由。很多时候，阿姆斯特丹淫雨霏霏，被雨水打湿的西教堂于是就隐约出一丝凄婉。1669年10月，阿姆斯特丹的街道多日笼罩在阴冷的秋雨中，使伦勃朗的葬礼倍加凄凉。几乎没有人知道他的辞世，除了几个抬棺木的工人，前来参加葬礼的人寥寥无几。此时的伦勃朗已经负债累累，一贫如洗，没有谁能为一代大师步入天堂举行一个像模像样的仪式，他被草草安葬了。

我一直认为伦勃朗的一生是个奇迹，在美术史上无与伦比。他的生活从荣华富贵沦落到穷困潦倒，绘画从声名远扬沦落到无人问津。他青年得志，晚年凄苦，他的一生既享受到了美满爱情造就的舒畅与激情，又饱尝了四个爱子先后夭折和两任妻子相继病逝的打击和痛楚。一个人一生能集荣与辱、喜与悲、富裕与贫寒、辉煌与黯淡于一身，依然不没其志，不改初衷，痴迷于自己的精神世界，为世人创作了大量不朽之作，这样的人物，历史不可能再现，他只能属于那个 17 世纪的艺术巨匠。

伦勃朗因此是寂寞的，无论他的勤奋、他的天赋、他的多产和把光与影的表达发挥到极致的能力，都注定他将后无来者。伦勃朗的一生留下了 600 多幅油画，300 余幅版画，1500 多幅素描作品，被遍布世界的著名博物馆收藏。

我在阿姆斯特丹居住时常去的另一处地方也和伦勃朗有关，那就是位于闹市区的伦勃朗广场。我购物、逛街总会打那经过。伦勃朗广场先前是个贩卖家禽、乳酪的市场，1852 年，伦勃朗的雕像被安置在这里后，就成了一座宽大的广场。雕像的四周环绕着鲜绿的草坪和怒放的鲜花，然后就是人流密集的街道和商店。正是夏天，广场边的商店前摆满了桌椅，供游人喝饮品，歇息娱乐，热热闹闹地陪伴伦勃朗。

伦勃朗立在一个方形石墩上，非常高大，双手交叠，其中一只手轻挽着正从肩头滑落的披风。戴着圆形礼帽的脑袋微微下垂，目光似乎落在自己向前斜出半步的左脚尖上，睿智而忧郁。现在，所有的历史、荣誉、评介、疼惜都退隐到这四周的繁华与喧闹之外，不再和他有关。他只是迎风而立，安详地守候在上帝身边。在伦勃朗心中，宗教永远统领着他的绘画精神。

有一天下午，我经过伦勃朗广场，一个类似马戏团里跑龙套的红鼻头小丑突然不知从哪儿冒了出来，伸手拦住了我的去路（阿姆斯特丹的一些闹市区经常有这样的艺人表演，逗路边闲坐的游人开心）。他嘴里塞了只哨子，在我身边做出各种滑稽动作并指挥我朝来的方向转身回去，我在人们的笑声中不知所措，又无法摆脱他的纠缠。正在这时，一辆有轨电车缓缓驶来，小丑又吹响哨子，伸手去拦电车，那司机居然一脚刹车停了下来，小丑上前拍开车门，将我一把塞进车里。他动作的滑稽夸张引起周围阵阵哄笑，而我在电车启动的一刻，目光正好落在了伦勃朗的雕像上，我好像看见他始终沉默的面容上闪过一丝微笑，是那样的高深莫测。

身边的长城

自从大地上隆起长城，它的身影就再也没有游离出人们的视野。在岁月风雨的剥蚀中，长城已日渐沧桑并从古战场上彻底退役。对于中国人来说，长城永远是不朽的。不管有没有登过长城，它都具有仰望的高度。同时，伴随着时代的快步前行，长城还逐渐演绎为一个伟大民族的精神象征。

许多年里，我数次目睹过北方长城的英姿。从八达岭到山海关，再到嘉峪关，它蜿蜒的长度和巨大的骨架令人惊叹。站在长城上眺望四野，追思历史，似乎还能嗅出烽火台狼烟的气味，感受到足底砖石迸发出的非凡力量。

历史让八达岭长城举世闻名，但长城不仅仅盘踞于北方的崇山峻岭。在南方，长城同样成为最佳的军事堡垒。只不过南方的长城在失去功能之后，便重归大地，与山梁、田野，与荒草、庄稼安详地融为一体。

长城同时还出现在高原。几百年来，它静静地蛰伏在那道山梁上，距离我生活的古城西宁不过几十公里。惭愧的是，许多久居在古城的人们对这伟大的建筑一无所知。

长城的生命在明王朝达到了极致，北方少数民族的不断侵扰，使明王朝统治者充满警觉。前后200年间不断修筑和加固，从辽东鸭绿江畔，到西北的嘉峪关，长城翻越万水千山，穿行茫茫沙漠。在近万里的曲折路途中，明王朝还设置了九个防御区。这些被称为长城“九镇”的地方，分别指派重兵把守，以便及时管理修缮。明王朝对长城的信任与重视，没有任何朝代能与之相比。然而，坚固的长城并没有完全抵抗住北方民族的入侵，明王朝却为此在财力上付出了高昂的代价。清军入关后，长城遇到了新的主人，它在清政府冷漠的面孔下日渐萎靡，再也没有机会重展雄姿。所以，明长城是中国最后的长城，它跃动的生命在明王朝轰然倒塌的烟尘中戛然而止。

现在，长龙般迤逦在大通县娘娘山上的高墙正是明长城的遗骨。在青海境内，从明王朝延伸至此的长城还有多处。主要跨越湟中、大通、互助、乐都四县辖内，总长约 363 千米，分别从北、西、南三面形成对西宁的护卫。

古城西宁在明代由西宁州改设西宁卫。“统辖范围南抵黄河,西至青海湖,北倚祁连,东与庄浪（今甘肃永登）兰州连界。”但此时的西宁卫并不平静。原驻牧在今内蒙古自治区河套一带的俺答汗部南下，进入青海湖地区。西宁等地便经常受到游牧于青海湖地区的蒙古俺答汗部属丙兔、火落赤、永邵卜等部落的威胁。明政府因此决定修筑长城。作为西宁卫城的外围工事，明长城就这样出现在了高原。

遗存在青海境内的明长城当属大通县保存的最为完好，是明长城北线的一段。一些地方连成整体，高大厚实，迄今仍能达到 3 米多的高度。据资料记载，它从“娘娘山沙尔岭起，札板山下止，边墙、水关、山崖共四千四百三十三丈，内墙底阔一丈五尺，顶阔七尺，实台高一丈五尺，朵墙四尺，共高一丈九尺。斩山崖高二丈，随墙墩五座。随墙壕一道，口阔一丈，底阔七尺，深一丈八尺。”除此，还筑有险要的关隘西暗门、水洞榨等。

作为明王朝“万里长城”的一个支脉，大通明长城当然远不及从山海关到居庸关的筑建标准：城墙底部用齐整的大石块奠基，墙体两侧用约 30 斤的城砖包砌，中间填以碎石和黄土。墙体上部平铺三四层方砖，用石灰勾缝，结实异常。因而，那段长城以其建造之坚固，设施之完善，成为我国建筑史上的杰作。而大通明长城可能是就地取材：主要采用土筑，中间混杂细碎的石子，下粗上细，加以夯实，形成坚固的土墙。其筑法用料和西宁北门外旁的护城墙极为相似。

虽然筑墙的材料有些简陋，长城的构件并不缺少。敌台、墙台、关隘、城堡、烟墩等一应俱全。沿着残缺的城墙向上攀爬，在山峦的高处，方形的烽火台傲然挺立。几百年里，它守望于高原炽热的阳光下和坚硬的寒风中，风骨犹存，令我们肃然起敬。

远离明王朝权利中心的西宁卫正是依托长城取得了西川、南川两大战役的胜利，成功地阻挡住了入侵者贪婪的脚步，换来了西宁卫长久的安宁。奇怪的是，历代所有痴迷于建造长城的统治者，无一幸免于亡国的命运。看来真正强国的力量还应该源自于民心。

大通明长城的另一个不凡是娘娘山。娘娘山自身奇绝，山顶有天池一座，水波荡漾，蝴蝶起舞。民间便以瑶池相称。在古老的高原，昆仑神话的印迹总是无处不在。我们没有继续攀爬，天池高高在上，遥不可及，充填着我们的遐想。顺着起伏的山势，明长城不断向高处伸展，最终成为世界上海拔最高的长城。有趣的是，娘娘山对面是闻名遐迩的老爷山，阴阳相吸，衬托得娘娘山更加妩媚。

明长城在青海落户的数百年后，我在娘娘山上与它相遇。在这之前的很长时间里，我并不知道自己就栖息在长城脚下。因为没有了用武之地，长城在西宁周边漂亮的月牙弧度已不复存在。幸存的部分也七零八落，兀立在乡野和村庄的边缘。偶尔农民会将它派上用场，切割下部分沙土垫进自家的猪圈。一些时候，那些破败的土墙也会跃入我们的视野，但结果是，我们常常无动于衷。

青海明长城倍受冷落的身体在进入新世纪起开始悄然萌动。经过了若干专家学者仔细地端详考察之后，它的出生日期最终得到确认。对于这处非同寻常的遗址来说，这将意味着延缓它在时光中流逝的速度并重新拥有了可视价值。就像一位作家所写的那样：“或许，作为一种实用工具，长城并不需要承担道义责任，这使我们的议论显得空泛和多余。无论怎样，长城已经在繁复迷乱的历史图景中站稳了自己的位置。在中国，没有一座建筑，像长城这样，对历史施加了如此巨大的影响。

这使我们打量长城的目光有些异样，至少，我们不能像打量其他建筑那样打量长城。”

我登上娘娘山打量明长城的那天，正逢大通县老爷山农历六月六“花儿”演唱会。五颜六色的遮阳伞像花朵一样绽放在山下的每个角落，优美的“花儿”随风漫上山顶，在明长城斑驳的土墙间回荡。七月明亮的阳光照耀着古城，墙闪烁出雄浑的光泽。站在明城墙脚下，每个人都会为这座壮观的时代缩影所撼动。也许，这便是历史复活我们记忆的最佳犒赏。

大地的歌谣

每天黎明，当晨曦一点点地照亮日喀则，最先在这座城市的目光中熠熠生辉的，是扎什伦布寺措钦大殿的金顶。接着，绛红色的宫墙渐渐闪烁出吉祥的光泽。这金色红色，构成了扎什伦布寺最夺目的色彩。金顶红墙，也正是藏传佛教寺院特征的代表。

主殿措钦大殿，扎什伦布寺最早的建筑，位居整座寺院中心。藏汉融合的建筑形体层次丰富，庄重雄伟。镏金铜瓦覆盖的金顶流光溢彩，兽吻的飞檐轻盈别致。从外墙的装饰色彩到镏金铜饰，从柱、梁、椽、檩的木质构件到大殿的门窗形制，无不深蕴着浓郁的藏式建筑风格和工匠们的精雕细绘。

光影的呈现承载了藏民族的信仰和敬畏。阳光在金碧辉煌的金顶和曲径通幽的回廊间流转，酥油灯在大殿内忽明忽暗的跳动，还有从天窗投入的那束光线，恍若来自天宇的光芒，照亮了佛的金身。神秘、高深，每一处精心的设计，都弥漫出藏传佛教的教义和气息，诠释了“举世浑暗，唯有佛光”的主题思想。

色彩的运用赋予了宗教意味和对自然的感悟。红、白、黄、黑是藏式建筑中的四种主色。分别象征不同的神灵。而藏传佛教的五大元素：地、水、火、风、空，又分别对应黄、绿、红、白、蓝五色。这些反差强烈的对比色，将每一座大殿装点得庄严华丽，整个建筑群因此从青藏高原单纯的自然背景中一跃而出，分外醒目。

日喀则市加措区夏鲁乡。一座在开阔的田野间拔地而起的建筑，独具的风格相悖于大多依山而筑的寺院。因而它就有了一个和“绿叶”相关的名字——夏鲁寺。

作为藏传佛教夏鲁派的祖寺，夏鲁寺的出现可以追溯到遥远的北宋。在被一场地震严重毁坏后，夏鲁寺获得了元朝皇帝的财力支持和内地汉族工匠的参与，重新修复的新颜，使它成为西藏最早的藏汉合璧的寺庙建筑。

精巧的斗拱，优美的飞檐，中国古建筑最具代表性的文化符号；绿色琉璃筒瓦覆盖的歇山式大屋顶，瓦饰与兽吻装点的屋脊，殿内顶棚色彩缤纷的藻井图案，无不张扬出浓郁的中原及皇家建筑的情韵。同时，收放式的高大红墙，众多立柱支撑起的大殿，又承袭了藏族建筑的传统技法。夏鲁寺藏汉建筑艺术的相互交融堪称典范，享誉西藏。

江孜县班觉伦布村，藏民族聚集的村落。因为一座特殊的建筑名扬天下。这座凝聚了藏族先民智慧和记录了时代背影的建筑，叫“帕拉庄园”。

庄园，藏语称之为“蹊卡”。在西藏，庄园是伴随吐蕃王朝的瓦解，旧的奴隶制度的崩溃，新的封建农奴制经济的出现而产生的。14 世纪初兴起，一直延续到 20 世纪 50 年代初。帕拉庄园的主人帕拉家族，西藏十二大贵族之一，兴旺了 400 多年岁月。

整座庄园建筑奢华考究，共有大小房屋 82 间。走进正面厚重的木质大门，是庄园的外院。建有若干牲口棚圈。再穿过一道门楼，就来到庄园的内院。三层的主楼坐北朝南，是主人生活起居和社交的场所。环绕主楼的是三面二层内廊式建筑，承担着为庄园主服务的角色。这种布局，保证了主楼充足的采光，又突出了主楼的核心地位。主楼二层东端，有楼梯直通后院。这里栽有高大的杨树和各种花草，石砌小路伸向花园中心的凉亭。

主楼内部雕梁画栋，华丽精美。陈设用品，奢侈珍贵。与庄园前院对面家奴的低矮土房，形成鲜明对照。

作为庄园建筑的一种特殊的民居建筑范式，帕拉庄园是西藏封建农奴制社会的一个缩影。它丰富了藏族的建筑文化，也为我们复活了历史的记忆。

日喀则江孜县，一个用“英雄城”命名的地方。大约在15世纪的中叶，矗立起了一座匠心独运的建筑，人称“西藏塔王”。据说塔内雕塑、绘画的各种佛菩萨像多达10万尊，又称“十万佛塔”。此塔工程费工费时，建造长达10余春秋。风格吸纳印度、尼泊尔及内地佛教建筑艺术精华，构图巧妙，造型华美。约42米的塔高被分成塔座、塔瓶、塔顶三个单元。塔座占地2200平方米，俗称四面八角。5层的塔座逐层递收，龛室之间相互独立。塔瓶呈圆柱形，内设佛殿4间。佛塔升至塔顶，渐成锥形，用黄铜包裹，为寓意吉祥的十三天。全塔殿门选取“108”这个佛教中的象征数字。76 间佛殿内雕塑和壁画技艺精湛。远远望去，白色的塔身，赭红色的墙檐，镏金的塔尖，和谐完美，赏心悦目。这种塔寺结合，浑然天成的艺术杰作，成为中国建筑艺术宝库中的珍品。

距离日喀则近 400 公里的昂仁县日吾其乡，另一座佛塔正在与白居塔深情相望。它们“塔寺合一”的外观造型十分相似，工程耗费的时间也大致等同。细细端详，日吾其寺的佛塔塔身平面呈“坛城”，基座多边多角。塔座设有 80 个佛堂，加上塔身塔顶恰好 108 个门窗。塔内设有盘旋石阶，直抵塔顶。石木结构的佛塔以白色塔身为主，外衬红黑两色屋檐，明暗互补，相得益彰。佛塔背依挺拔的山势，面临流动的江水，铜制的伞盖状塔顶金光闪耀，簇拥在山水的怀抱里，令人感受到佛国的神圣。可以想象，近千年前，上千名能工巧匠共聚在此，场面该有多么壮观。

觉囊寺，一个许多人陌生的名称。坐落于日喀则拉孜县的欧布琼山。道路的崎岖与海拔的高度阻挡着游人的脚步。即使拥有著名的通卓钦摩大佛塔，在海拔 4600 米的山腰间佛光闪耀，除了藏地的佛教徒，更多的人只能站在江孜的“十万佛塔”前，想象它的风采。相传白居寺的“十万佛塔”的建造样式，就是来源于它的启示。27 米的塔高划分成 11 层，20 根柱和 20 个角，结构出 108 扇门和小佛殿，可沿外层走廊盘旋而上。

寺中有塔，塔中藏寺。下大上小，逐层收分。集合了多种文化元素和宗教美学理念的通卓钦摩大佛塔，以它的恢宏气势所迸发的艺术魅力，吸引着雪域众生。

陈塘，一个十分悦耳的名字，掩映在喜马拉雅北麓深处。山林茂密，鸟语花香。山多路险疏远了陈塘与都市的亲密，却孕育出它清水芙蓉般天然的美貌。走进陈塘镇，夏尔巴人居住的木板房随处可见。层层叠叠，古朴独特。这种建筑就地取材，搭建便利，是夏尔巴人居住的典型样式。

穿越悠长的岁月，我们从卡若遗址中寻找到了这种古老民居建筑的信息。它是采集和狩猎社会的产物。夏尔巴人的木板房大多都会选在地势较高，临近耕地和水源的地方。建造方式是一般先在住房的四角竖起粗壮的木柱，然后在四边和中间按需要添加若干木柱，顶棚与地板架铺横梁。屋顶呈“人”字形，上覆鱼鳞板，防雨隔潮。房屋形式多为三层。顶层堆放柴草及日用杂物，中层住人。临窗最大的一间设有火塘，是家人烧饭、取暖、待客的场所。底层常常架空，用来圈养牲畜。

木质结构的木板房质地温润柔软，外观粗犷简朴，通风干爽，飘溢出泥土与阳光的清香。依偎在青山绿树的怀抱中，恍若一支诗意盎然的旋律，与这纯美的自然完美地融为一体。

亚东，日喀则南部边陲小镇。藏语的意思是“急流的深谷”。站在快要进入小镇的山腰上，果然可以俯瞰隐匿在深谷中的民居。明媚的阳光下，白铁皮屋顶闪闪发亮，分外耀眼。构成了当地民居建筑一道独特的风景。

这是下司马镇后街，斑驳古老的铁皮房将小镇的记忆延伸到时光深处。铁皮房大多是两层松木藏式阁楼，外墙用彩色油漆涂抹，门窗、屋檐、栏杆特别装饰色彩艳丽的藏族风俗图案。木制的“人”字形屋顶外包白铁皮，冬能吸热，夏能散热。雨来防漏，雪来防塌。建造简单，舒适耐用，十分适合这里潮润多雨的气候。受到当地百姓特别的青睐。

铁皮房，亚东历史的活化石。铁皮房，将亚东装扮成一座闪闪发光的小城。

平均海拔4300米的康马县。阳光充足，草场广袤。对于世世代代在此逐水草而居的牧民来说，黑牛毛帐篷是他们温馨的家园。它把牧人的身影诗意地定格在了草原上。当城市的高楼大厦日新月异地更新着现代建筑材料，黑牛毛帐篷却依然恪守着来自先祖的制作。这个记载了久远历史的产物，发明灵感源于早先牧民与牲畜的亲和关系。在茫茫的大草原上放牧的牧民，为了抵御高原夜晚肆虐的风寒，只好把自己的身体蜷缩在两头牦牛中间取暖。随着生产方式的渐渐进化，他们学会了用牦牛身上剪下来的毛纺成粗线，再织成长条形的褐料。起初只是遮盖身体，随后用木棍撑起空间，四周用石块压牢。黑帐篷的雏形就这样诞生在牧民的生活经验中。

人口的递增加大了对空间的需求，他们开始将约22厘米宽的褐料缝缀在一起，尺幅多少决定帐篷的大小。多数面积为12~20平方米，形状呈方形或长方形。他们先用木棍支撑起高高的框架，上面覆盖牛毛褐料，四角及腰部用牛毛绳牵引牢牢固定在地上。帐篷正脊留有宽敞的缝隙，以利采光和通风。在帐篷内部周围，用泥块或土坯垒成的矮墙上面，堆放着牧民赖以生存的青稞、酥油和晾干的牛粪。帐篷里的陈设不能再简单了，中间安置火灶，灶后供奉佛像。四周地下铺垫的羊皮或临时搭起的床铺，就是主人一家坐卧休憩的地方。在帐篷外四周的拉绳上，还要挂满五色的经幡。当需要迁移草场的时候，他们的帐篷和全部家当用几只牦牛就能驮走，携带非常方便。所以，在藏族人的观念里，能否独立完成一座帐篷的拆建，是考量一个男人能否担当起生活责任的试题。

牛毛帐篷严密厚实，具有热松冷缩的特性。为曾经风餐露宿的牧民遮风挡雨，提供了温暖的庇护。纺织技术的进步又使草原上出现了一种白棉布帐篷。在炎热的夏季，白帐篷凉爽透气，方便缝制。大的可以容纳几十人，小的可以一人独享。

清爽的白帐篷，是厚重沉稳的黑帐篷生命的延续。白帐篷特别讲究外观装饰，白色的布料上，一律用彩色的布条压边。然后在白色的框内，剪贴上祥云、动物、花卉等美丽的图案。每年 7 到 8 月是草原的黄金季节。一年一度的赛马节，是草原的盛会，不仅是牧民的节日，更是游客的幸运。此时，密集的五彩帐篷如天上的繁星，与藏族姑娘华丽的服饰和牧民纯朴的笑脸交相辉映。这不仅是他们临时的家园，也是他们的门面和骄傲。

帐篷让草原散发出古老的神韵，草原又赋予了帐篷绵延的生命。

日喀则农区开阔的大地上，石木结构的小楼星罗棋布。方形平顶，古拙粗犷，民间称它为“碉房”。

日喀则农区开阔的大地上，石木结构的小楼星罗棋布。方形平顶，古拙粗犷，民间称它为“碉房”。碉房多为两层结构，以柱来分割间数。底层低矮，畜养牲口和堆积杂物，上层为家人的起居场所，有居室、厨房、经堂、晒台等。碉房墙体厚实，十分坚固。外墙窗户窄小，利于防风防盗。上挑小檐，下呈黑色梯形窗套，按藏民族的习俗，认为黑色窗套能够驱鬼辟邪，于是成为藏式窗户的醒目标志。草泥面屋顶平坦光滑，可以晾晒粮食。除了砌筑的女儿墙，还特地在屋顶四角修砌方形墙垛，作为祭祀神灵的祭台。每到特殊的日子，上面就会竖起挂满五色经幡的树枝，祈求房顶神来护佑家人。

碉房外观色彩丰富，反差强烈。门檐与窗檐的彩绘装饰考究独特，透露出藏族人对美的向往。许多建造在山峦河谷间的独立式碉房并无院落，而聚集在村落的居民为一家一院，垒有院墙。细细端详，多用土坯，顶部压放青石片，或码放干牛粪，有的人家则将干牛粪贴满院墙，成为青藏高原藏地民居的独特景观。

这是萨迦县民居，外墙装饰极具地域特征。深灰色的墙体上，沿屋檐和墙角涂有一道白色和两道红色条带。这种色彩不为审美，是为了明示当地居民信仰萨迦派的宗教身份。置身于萨迦县深灰色的村落里，恍若走进了中世纪神秘的古堡。

这座华丽的建筑是班禅新宫，又名德庆格桑颇章。班禅大师安寝的夏宫，重建于1954年。是后藏地区最典型的园林建筑。园内曲径通幽，树木婆娑。相对中国古典园林建筑的含蓄雅致，班禅新宫的景观设计风格独特。与青藏高原的自然环境相互映衬。花木选择、空间布局均融入了浓郁的宗教理念和民族特色。

红色的门和柱，黄白两色的外墙，镏金的屋顶，鞭玛草的檐墙。班禅新宫丰富绚烂的色彩在高原清澈的蓝天和灼目的阳光下，富丽堂皇，撼动心灵。

公元1268年，萨迦派第五代祖师八思巴委托萨迦本钦释迦桑布，在今日的日喀则萨迦县一处祥瑞之地主持修建了萨迦南寺。这是西藏建筑史上最有代表性的建筑，即鲜明的时代特征及汉藏建筑的完美结合。

萨迦南寺北临缓缓流淌的仲曲河，与萨迦北寺隔河相望。高大的城墙，耸立的敌楼，四隅的角楼，远远望去，仿佛一座壁垒森严的城池。整座建筑设计布局呈“回”字形，体现了战事频仍时期防御的需求。入口门道狭窄，设有闸门，并在城门孔道顶部，开出堕石洞，使入侵者难以逾越。

长方形的主体建筑大经堂，高 21 米，为夯土墙体。殿内有 40 根粗大的柏树原木立柱，其中 4 根直径达到 1.3 米左右。涂成朱红色的木柱直通殿顶，十分气派。

萨迦南寺修建耗时数年，所用人力巨大。包含很多汉族工匠，将元代建筑风格融入其中。建筑色彩为红、白、灰三色，红色象征文殊，白色象征观音，黑色象征金刚手。这也是萨迦派寺院的独特标志。

日喀则市城北日光山巅，一座气势不凡的宗堡建筑独傲苍穹。因其外观酷似布达拉宫，民间喜欢称之为“小布达拉宫”。这座曾是日喀则市区标志性的历史建筑，叫“桑株孜宗堡”，建于 1363 年。“宗”在藏语里含有城堡之意，近似于县，为地方行政机构所在地。宗堡建筑是明代繁盛在西藏的建筑形式。漫长的历史长河中，数次破坏令桑株孜宗堡面目全非。原建筑依山形筑建，房屋占据整座山巅。最高的宗政府大楼为石木四层结构，高达 120 米。底层无窗，只留极少气孔。其中宫殿交错，回廊曲折。其外被大小房屋密密环绕，既护佑着宗政府的安全，又凸显出宗政府的尊严。作为行政中心和军事堡垒，桑株孜宗堡建筑技术出类拔萃，细节巧妙，显示了设计者的匠心独运及艺术才华。

2007 年，桑株孜宗堡重建工程一期竣工，这座淹没在岁月风尘中的经典宗堡建筑，渐渐显露出其昔日的容颜，重现在我们的面前。

保存最完好的宗堡建筑是江孜宗山古城堡。走进江孜县城，一座巍峨雄伟的建筑群令人惊叹。海拔 4187 米的宗山山势险峻，山体坚硬，西侧为悬崖峭壁，高达数十米。整座建筑依山而筑，围墙墙基多靠悬崖边缘。石砌的墙体厚实牢固，相互衔接。围墙上设有若干小碉楼及瞭望楼，居高临下，远近动态一目了然。围墙之内，众多房屋盘根错节，恍若迷宫。坡陡路窄，暗道相通。可守可退，功能齐全。错综复杂的内部结构和外围坚不可摧的防御手段，再现了江孜祖先军事防御的超强智慧。

江孜宗山古城堡的整座建筑布局和谐稳重，错落有致。千百年来，这座记载了英雄故事的恢宏建筑，历经风雨沧桑和战火洗礼，依旧岿然不动，以盖世的英姿令后人恭肃瞻礼，敬畏仰慕。

有人曾比喻说：建筑是凝固的音乐；是浪漫的诗情。对于后藏这片斑斓深情的大地，丰富多彩的建筑更像是一个个民族文化的符号，更像是一支支优美动听的歌谣，经久传唱，生生不息。

（纪录片解说词）

那个可以让我们怀想的年代

30 年前的那个秋天，我的胸前多了一枚大学校徽，白底红字，很惹人眼目。虽然有点张扬，但上大学在当时的确是一件光宗耀祖的事。我们高中毕业班有 60 余人，只有 6 人考上了大学。我的文科成绩排在全校第 3 名，因此毫不犹豫填报了外省的一所大学，结果惨遭滑档。后来我才知道，是因为很多大学刚刚恢复，招生名额非常有限。

这样，我和班里另外两名女同学走进了同一所大学，我在中文系，她俩在化学系。我们的大学 1984 年更名为青海师范大学。

这所大学位于省城西端。30 年前，它在城市的郊外，周围是大片的麦田和村庄。唯一开往学校方向的公共汽车，终点站距离学校还有 2 公里路程，只能徒步。那一年高考年龄放得很宽，所以我们中文系多半录取的是“老三届”学生，入学时已经 30 岁出头，应届毕业生只有 4 名。

记得刚开学不久，党中央就召开了十一届三中全会，这是那一年里最重要的事。随后，中国大地突然间就苏醒了。我们怀揣一颗激动的心，迎来了伟大的文学复苏时代。当时中文系的学生幸福得让人眩晕，大学图书馆仿佛一夜之间变换了面孔，赐予了我们阅读的自由。那些听说过与前所未闻的，“反动”和“毒草”的，古典和外国的书一下子挤到我们面前，令我们眼花缭乱、目瞪口呆。对我而言，几乎整个小学和中学时代都被那场革命的红色浪潮所覆盖，除了读到一些同学从造纸厂仓库偷出来的“禁书”，有关经典和名著的阅读几乎为零。就像一个营养匮乏的饥民，突然发现了一桌美食。我把所有的空闲时间，都用在了饕餮文学盛宴上。很快，一批有影响力的文学期刊也陆续复刊，令我们心醉神迷。它们是：《人民文学》《收获》《十月》《诗刊》《星星》和《世界文学》。

中文系当时还特别搞了一个作品研讨会，主要讨论发表在《人民文学》上刘心武的小说《班主任》。讨论的焦点我已忘记，只记得几拨同学争论得面红耳赤，如同吵架。那时候，我们整日处在高度的亢奋中，一些小说刚一发表，就被争相传阅。比如《伤痕》《天云山传奇》《人到中年》《公开的情书》等。

20 世纪 70 年代末选择上中文系是一件幸运的事。那是整个中国思想的破冰时期。文学抵达了它的巅峰，光芒四射，辉煌灿烂。《收获》杂志的发行量飙升到了 110 万份。文学被广大的民众顶礼膜拜。

也就是在那一年，建筑工人北岛在北京创办了《今天》。尽管那本尚未公开发行、油印的小册子让远在大西北的我们没有机会目睹，但里面滚烫的诗句，令无数青年热血沸腾。“卑鄙是卑鄙者的通行证，高尚是高尚者的墓志铭”几乎每一个人都会背诵。随后，《星星》诗刊在天府之国璀璨升起，舒婷、顾城、芒克、杨炼等诗人立刻成为我们的偶像。中文系有多半人开始写诗并立志要成为诗人。我当时最迷恋的诗人是普希金、莱蒙托夫，还有叶赛宁。书店里还没有他们的诗集出售，我就从学校图书馆里借来，整本誊抄在硬壳笔记本上。有几个同学写了满满一本子的诗，悄悄揣在怀里，很神秘的样子。

第二年春天，我们提前回到学校，理由是下农场春播。那时候每所大学都有自己的农场，种点小麦和油菜籽。我们卷起铺盖，把集体出门视为一件最快乐的事。刚到农场的第 3 天，1979 年 2 月 17 号，对越自卫反击战打响了，它立刻成为我们农场生活的中心。每天从地里干活回来，第一件事就是围拢在收音机旁，捕捉来自前线的战斗消息。我军伤亡的数字最让我关心。所以后来我看李存葆写的《高山下的花环》，听董文华唱《血染的风采》，泪水始终抑制不住地流淌。

我们的大学生活在农场有了微妙变化。一些爱情的萌芽在春天的田野和黄河岸边悄然滋生，在大学“不允许谈恋爱”的禁令下秘密进行。朦朦胧胧的情感突然使春天刚刚解冻的土地充满诗意，但谁也没有想到，这一切被我们的班主任尽收眼底。返回学校后的第一个班会，他满脸阴郁，用总结性的口吻说道：眼下我们班恋爱的苗头很严重啊，已经出现 6 对了。说完他用粉笔在黑板上写下一个大大的“6”。这个数字让女生心惊肉跳，因为班里未出嫁的女生只有 8 个，女生们面面相觑，芒刺在背，每个人都变得形迹可疑。

不管这个数字是否真实，其结果是，中文系在毕业后有 3 对喜结连理，迄今不离不弃。

2008 年盛夏，其中一对的男同学从广州飞抵西宁，执意要去看看农场。于是，我们一帮同学“呼啦啦”向着农场进发。

30年后的今天，道路已光滑黑亮，尘土全无，行进的速度提高了3倍。但没有人能辨识出农场的遗址。当年农场的平房、小院、农田已无迹可寻，我们面对的是郁郁葱葱的苗圃和果园，用小毛驴车驮水的黄河由于蓄水已经宽阔而平缓，上面漂浮着几只闪动小彩旗的游艇，正在期待游客与黄河亲近。只有黄河对岸的山崖，还能为我们提供一点农场的佐证。我们站在黄河岸边，抬起一张张不再年轻的面孔，陷入远逝了的岁月。正如我喜欢的一位电影导演霍建起说："我们对往事总有一种伤怀。"

那一年里的很多事都令我们始料不及，被禁锢的电影仿佛开了闸的洪水奔泻而出，我印象最深的是日本电影《望乡》，尽管那部描写日本妓女生活的影片在放映时已作了删节，但从未触及过两性内容的我看见阿崎婆异样的表情，忍不住问旁边的女同学，"她怎么了？"我的同学并不回答，只顾嗤嗤地笑。这随即就成为班里同学一大笑谈，很长时间里都令我羞愧不已。另一件事是交际舞的恢复，那气势就像干柴烈火，一经碰撞立刻火爆，学校几乎每个周末都举办舞会，跳舞的地方总被挤得水泄不通，多半人是来看热闹的。而我们急于尝试，并不考虑舞技。跳到半场，竟出现了整齐划一，声势浩大的急行军步伐声，甚至盖过舞曲，令人啼笑。我跳舞时第一次抓住男生的手，居然浑身颤抖。

我在那个诗人被当作偶像的年代里也尝试写诗，写了不出30首，竟被邀请参加省作协的诗歌、散文研讨会，我正上大三，融入这种场合完全一副受宠若惊的表情。研讨会的程序基本遗忘，只记得会议间中国女排夺冠，我们全部跑到邮局去给女排发电报。还有一位诗人，思考的时候总是蹲在地下，双手抱住脑袋，痛苦不堪的样子。

我上大二的时候，第一次独自出了远门。我行走了南方几座城市，最后一站到达南京。我住在一个同学家里，他在我们班年龄最大，因为工资要养妻子、孩子，生活非常节省。总是一边安静地躲在角落看书，一边不停地抽一种劣质香烟。我不知道这与他后来的健康状况是不是有关，反正他的脸色不是很好。他在南京的家只有10平方米左右，除了张大床和餐桌，似乎再摆不下更多东西。我在他家的两个晚上，是在大床下面打了个地铺度过的。他的儿子不满周岁，晚上要啼哭多次。我回青海的时候，正赶上春运，站台上人山人海，列车刚进站，人群便跟着车跑起来。因为严重超员，车门根本挤不上去，他将我的两个大旅行包搭在肩上，跑到一个车窗前央求里面的人打开车窗，然后迅速将旅行包和我从车窗塞了进去。列车徐徐开动，我看见他脸色焦黄，豆大的汗珠从额头上滑落。

大学毕业后他几经周折回到南京，我们从此断了联系。几年前听说他患了重病，不久就传来病逝的消息。他那个爱啼哭的儿子，现在也该30岁出头了。

我的宿舍还有一位颇具文采的女生，大我5岁，上课时的座位就在我后面。遇到乏味枯燥的课，我们就把即兴创作的诗写到一张小纸条上，传来传去，彼此欣赏。可惜她后来不知为何并没有把写作坚持下来，否则会成为不错的作家。记得有一个夜晚，宿舍就剩下我俩，我们索性坐在窗台上谈诗。那晚月亮特别的明亮，银白的月光透过窗户裹住了我们的身体，还柔情地撒在床铺上和地板上。我们谈了很久，直到月亮离我们远去。在那个月光明媚的夜晚，我们的心中装满了美妙的诗句，根本不可能想到若干年后彼此的生活都发生了重大的改变。

热衷写诗的还有一位同学，但他并不张扬，也不活跃，不知是不是因为来自农村，大多时候总是沉默寡言。大学毕业他被分配到了果洛草原教书，一去就是十多年。我曾收到过他写来的十几页纸的长信，字里行间透出在无际草原上生命的孤独与忧郁。直到1996年，我再见到他时，他已经调回家乡互助县工作。我没有问他在果洛大草原上是否有丰硕的诗句收获，我看见的是，他带回来一个美丽的妻子。

遗憾的是，他回到家乡第 4 个年头，新盖的一院房子还没有住热，就患上肝硬化。他那些尚未面世，忧郁或激情的诗句，于是随他一同去了天国。

还有件事印象很深。我们的衣着在 30 年前十分土气，女生的服装没有更多的式样和色彩，男生也只穿中山装。夏天到来的时候，这个高原古城还见不到一个穿裙子的女孩，班里一个老大姐突发奇想，让我们几个女生每人买来一块花布，连夜赶制出几件连衣裙。我第一次穿裙子，兴奋不已，装扮停当后，集体出发去公园照相，没想到招来路人惊异的目光，我们抵挡不住，只好在学校后面的苗圃里匆匆拍了几张照片，然后落荒而逃。

我们快乐的大学生活在大四的某天戛然而止。毕业实习刚刚结束，学校就公布了毕业分配方案。这个决定着我们命运的方案给了我们重重一击。它告诉我们将有 70% 的同学会离开省城奔赴基层，而余下的名额差不多恰好照顾班里拖家带口的同学。阴云密布在我们脸上，每个人都忧心忡忡。一些掌握"生存秘诀"的同学开始行动起来，力争最后的留城名额。像我们这些茅塞尚未顿开的人，依然在等待命运的支配。告别宴会被前途未卜的气氛笼罩，大家已经失去了依依惜别的心情，光荣的文学梦想在命运面前不堪一击。

最后一次同学集会是在学校的大操场上，分配结果通过扩音器传进我们的耳朵。一些单位来接毕业生的车已停在远处。名单刚刚宣布完毕，操场上便空空荡荡，有的同学后来再也没有见过。我被分到了与甘肃相邻的县城，是女生里最远的。来接我们的是一辆大卡车，我和其他系的十余名学生坐在车厢上，七月灼热的阳光照耀着我们，汽车开出城市不久，路面就变得很糟，不停颠簸，尘土飞扬。很快，我们的脸、头发和衣服上都落满了黄土。望着渐渐远去的城市，我的鼻子一酸，眼睛潮湿起来。我明白，生活从此将要在我面前上演它陌生的一幕。